岩上
八行詩
。

岩上———著
Litze Hu———譯

# 詩的語言與形式

岩上

## 一、

詩是由語言組成的，語言不只是傳達的工具也是詩的本身，當詩組成之後，語言已成為詩的形式，也是詩的內容。

詩的語言來自日常的語言，所以語言具有社會性共同的意識。

詩的創作是屬於個人的，而語言是屬於公眾的。

詩是非理性的，像夢。

但夢不是詩，夢囈也不是詩。

因為夢沒有意識導向，也沒有導向的感受；而詩是有意識導向的思維。

詩的聯想需靠語言，所以詩的聯想是具有社會性的。

## 二、

詩的構成意圖從自我出發到外在社會存在的現象；或從外在現實的現象刺激詩人內心的感受經驗，兩者之間，存在著對抗的矛盾。

詩通過語言的使用在矛盾的空間裡掙扎而後妥協完成。

不斷的扭曲自我或凸顯自我；否定現實的存有或再現現實的存有；或將兩者加以刪減、填增或修改、重鑄或變形，用語言加以錘鍊。

也許外在現實世界隱退了；也許自我本能自由聯想的世界隱退了；或者削減兩者而融合了，語言在這個時候，是無力感；還是產生新鮮的力量，端賴詩人的才能和技巧的應用。

極端的兩個現象是：語言只陳述了外在的現象；或語言只呈現人的本能隱而不見的個人詞語，這兩個處所都不是詩存在的位置。

詩是對外在現象的適應或改造的一種感情思想的自覺，用語言所組成承載的意境。

語言成為詩創作的過程是一種應用，重新的組合，不是搬運、也不是打碎。

語言重新組合必需維護語言本身的特色及它的種族與社會性傳達的功能。

## 三、

當我們問：詩是什麼？或是什麼樣子？

我們要的答案是詩的本體和詩呈現的形式。

詩由語言構成，當然語言構成的並非全部是詩。

語言呈現詩的內容的樣相，就是詩形式的完成。

詩的形式就在語言的結構上，它的內容也在語言組合的意涵裡。

語言隨著社會的演化在改變；人心也隨著個人的成長和生存環

境在改變；而人的心靈本能世界也是一個無極的世界，心物交融的世界更是一個創造的無限世界，所以詩的世界是無限的，形式也是無限的。

## 四、

詩並非語言的終點，而是語言的創作。

詩從語言來，踩過舊有的語言，又從語言出發。

語言的創發，基本上就是詩的創作。

如果我們把創作稱之為遊戲，則寫詩把它視為語言的遊戲也可以，因為世間很多事物由遊戲而來，但詩的本質不是遊戲。

遊戲只為取樂，而詩不是。

寫詩就像遊戲一樣，有很多的方式也有很多的遊戲規則，要遊戲不能不遵守規則，詩也是如此。

詩除了和自己遊戲外，也要和別人遊戲，別人就是社會公眾。

## 五、

詩由語言構成，詩構成的工程是詩的形式也是詩的內容，包括表現的技巧。

詩不是已經有了什麼形式，再填上內容。

也不是有了什麼內容再找一個形式裝上去。

詩的遊戲規則不在於行數、字數、平仄、押韻、音節等等的格律上，而在於語言傳達詩的功能上。

某些規則，或某些不規則的、自由的、開放的、無組織的、都反應在它的社會歷史背景上。

什麼樣的形式適合什麼樣的時空，呈現什麼樣的內容，於是流行常成為流行的固定形式。在某種流行裡佔盡風頭的，成為風尚一時的代表作。其餘的，則成為渣滓。

詩的永恆性在於詩質，而非流行風尚。

詩貴創新，而創新貴在於凝定於形式、凝定是詩表現的準確性。

詩沒有永遠不變的形式，但詩如果不能在形式上凝定，它將成為游離的狀態；而凝定如果太固定也會失去詩的飛躍性。

變是一種求新的方法，但不可成為無表現的假相。

很多詩，我們只看到語言的變動而看不到詩。那是因為變得太離譜，失去社會性的功能。

在不變中求變，在變中求不變，是凝定風格的方法。

# 六、

在後現代主義潮流的影響下，詩的寫作模式如果是語言的碎裂和無體裁的寫作，則詩將再度墜入夢囈的迷霧中，而回歸於無意識本能的活動中。詩的寫作將再度像超現實主義的自動語言一樣，拒絕傳達和拒絕接受，而遠離社會。

如果詩人的心靈自我封閉，不再使用社會性語言，則詩不再是語言的再創造，而是語言的毀滅。

詩表達語言的存在，語言表達人的存在。

無語言將無人的存在，無語言將無社會的存在。

我們不希望後現代的詩是新新人類，不穩定、不可靠、不可信賴、反體制、反整體性、反主題、無中心、分裂破碎的行為表徵；更重要的是詩不希望成為語言的分屍、解體、無組織的形態。

　　缺乏組織的語言，將無詩的存在；

　　沒有形式的詩，也將無詩的內容。

　　面對不穩定、語言破滅的風暴來臨，

　　我們希望有穩定風格的詩出現；

　　更希望有人存在的詩永遠存在。


　　　　　　　　　　　　　　　　　　　一九九七年五月三日

# 目次

岩上八行詩
目次

岩上八行詩
目次

## 附錄

岩上八行詩

# 樹

上身給了天空
下體給了大地

風風雨雨
朝朝夕夕

往兩頭伸延抓緊
而我在哪裡？

春夏的蒼綠
秋冬的枯白

一九九一‧九‧廿七
《笠》詩刊一六五期（一九九一年十月號）

岩上八行詩

# Tree

Give the upper body to the sky
Give the bottom body to the earth

Windy and rainy
Days and nights

Extend to both ends and hold tightly
Where am I?

Lively green during the spring and summer
Depressed white during the fall and winter

# 河

從哪裡來的
就往哪裡回去

而我從高山來
卻往海底去

日日夜夜
奔流不息

你們說我唱歌
還是哭泣？

一九九一・九・廿七
《笠》詩刊一六五期（一九九一年十月號）

# River

Wherever it comes from
Will return to its origin

Yet I come from the mountains
Will return to the oceans

Days and nights
Rushing down the stream without any rest

Would you say that I am singing?
Or crying?

# 椅

對著人類屁股和脊椎的妥協
不斷扼殺自己的性格

從木質的強硬派
變成墊海棉的軟弱者

而什麼樣的人
坐什麼樣的椅

椅子的活存
難道只有接納的姿態

一九九一・十一・卅
《笠》詩刊一六六期（一九九一年十二月號）

# Chair

Compromising with various human asses and spinal cords
Constantly giving up its own personality

From a hard wood-like tough figure
Turn into a sponge-like coward

Yet depending on what types of persons
Will sit on their matching-type of chairs

The existence of chairs
Can only depend on the acceptance of the others?

# 杯

很多人喜歡乾杯
一飲而盡的爽

喝來喝去
最後還是空著肚子

只有天空
以最大的容量悲憫我

因為它的饑餓
比我大得多

一九九一・十一・三
《笠》詩刊一六六期（一九九一年十二月號）
選入：《小詩・牀頭書》（張默編）

# Cup

Many people like to drink a toast
Drinking up a full cup of wine in one gulp is sensational

Drink after drink
The stomach is still empty

Only the sky
Pity me with its endless boundary

Because its hunger
Is greater than mine

# 屋

你想進來
他想出去

進進出出
世間百樣的人

屋內的人喊：囚犯
屋外的人叫：流浪者

臺北的天空
讓屋內屋外的都不是人

一九九一・十二・六<br>《笠》詩刊一六七期（一九九二年二月號）

岩上八行詩

# House

You want to enter
He wants to exit

Entering and exiting
A variety of people in this world

People inside the houses screaming: prisoners
People outside the houses yelling: vagrants

The sky in Taipei
Makes people both inside and outside the houses lose the sense
of being human

# 墓

人人都想繼續往前走
到這裡卻不得不停留

生的倒下
死的豎起

倒下的軀體沒姓名
豎起的石碑有字號

大家統統僵在這裡
沒有一個例外

一九九一·十二·六
《笠》詩刊一六七期（一九九二年二月號）

# Grave

We all desire to continue our journey
Yet we have to stay when we reach our graves

Living people have fallen
Dead people have been placed upright

Dead bodies have no name
Standing grave stones have identification

Here is the place we all come to a standstill
There is no exception

# 路

走過一條又一條的路
走破一雙又一雙的鞋

路從天邊來
路向海角去

阡陌交錯的路
來來往往過路的人

有多少人能走出自己的路
路令人迷路

一九九一・十二・六
《笠》詩刊一六七期（一九九二年二月號）

岩上八行詩

# Road

Walk through one after the other road
Wear out one after the other pair of shoes

Roads come from the skyline
Roads extend to seaside

Vast and crossing roads
People coming and going through various roads

How many people can find their way?
Roads make people lost

# 床

生在這裡
死也在這裡

睡了三分之一的人生
床仍然天天要你愛睏

床頭打床尾和
兩性的戰爭永遠不會停止

據說有錢的人夜夜換床
行乞者今晚的床在何處

一九九一・十二・七
《笠》詩刊一六七期（一九九二年二月號）

# Bed

People are born here
And die here

Sleep one-third of human lives
Beds still want you to be sleepy each day

Fights break out at the heads of the beds but cease at the end of
the beds
The wars between men and women will never end

It is said that rich people sleep in different beds every night
Where are the beds for the beggars tonight?

# 鏡

沒有過去
也沒有未來

現實是我的主義
動靜立即反映

歲月的痕跡自己留存
我也是佛的信徒，一切空無

只要時時擦拭保持清醒
永遠我是你孿生的兄弟

一九九一・十二・十二
《笠》詩刊一六八期（一九九二年四月號）

岩上八行詩

# Mirror

There is no past
There is no future

Realism is my belief
Reflect movements instantly

Keep my own aging history
I am also a Buddhist; there is no existence

As long as you wipe me frequently and remain alert
I will always be your twin brother

# 橋

來匆匆
去淙淙

你說拉近
我說扯遠

橋上跨過　人群
橋下穿梭　流水

交會架起時間的十字架
走路過橋一樣是過客

一九九一・十二・卅一
《笠》詩刊一六八期（一九九二年四月號）

# Bridge

Come hastily
Leave swiftly

You say bring it closer
I say pull it away

People walk across the bridges
Water flows under the bridges

Through intersecting, a cross of time is built
Either walking on the roads or crossing the bridges, we are all
only travelers

# 窗

窗打開房屋的心靈
來看世界的形形色色

包括觀賞雲彩的瑰麗和悠遊
窗是快樂的

窗是悲哀的
包括觀賞雲彩的詭譎和伏動

來看世界的形形色色
窗關閉房屋的心靈

一九九二・三・四
《笠》詩刊一六九期（一九九二年六月號）

# Window

Windows open the mind of a house
Watch the colorful events of the world

Through observing the beautiful and leisure movements of the
clouds
Windows are happy

Windows are sad
Through observing the delusive and swift movements of the clouds

Watch the colorful events of the world
Windows close the mind of a house

# 花

花開花落
那是一生的璀璨？

生姿為誰
而忙碌的招展又為誰？

風的輕拂
雨的滋潤？

花花綠綠的世塵
清純的花哪裡找？

一九九二‧四‧七
《笠》詩刊一六九期（一九九二年六月號）

# Flower

A flower blossoms and withers
Is it a magnificent life?

For whom does it bloom?
For whom does it enchant so busily?

Wind brushes gently
Rain nurtures tenderly?

In a colorful and complex world
Where can one find a flower with purity?

# 燈

燈亮燈熄
豈非生命瞬息的幻滅？

多少淒風苦雨的夜晚
燈溫慰了歸人

飛蛾撲來燃燒而死
咱們仍要逆光擁抱希望

燈光閃爍曳曳
黑影也隨即伺候於旁

一九九二‧四‧十
《笠》詩刊一六九期（一九九二年六月號）

# Light

Lights on and lights off
Just like the momentary disillusionment of lives?

In numerous windy and rainy nights
Lights comfort those who are returning home with warmth

Moths fly toward the lights and are burned to death
Yet, backlighting, we still need to hope for a better future

Lights are flickering slowly
With the dark shadows right next to them

# 淚

淚的海，澎湃一生的悽愴
航行中也會濺起一些歡笑的浪花

生的茫然和死的無奈
一步一滴淚，從哭到笑

別離有淚
乃兩地的牽掛

哭，宣洩了苦痛的河床
笑聲裡，淋漓著淚的脈絡

一九九二・四・卅
《聯合文學》第九十六期（一九九二年十月號）

# Tears

Sea of tears, surging with a life-time suffering
Splash the wave of happiness during the sailing in life

At a loss upon birth and with deep sorrow upon death
A drop of tear at each step, crying follows by laughing

In tears while parting
Symbolizing the caring thoughts after separation

Crying, releases the river bed of suffering
The sound of laughing drips with the veins of tears

# 血

除了熱血滔滔，它的奔流
如果凝固並不堅持本色

傷口的真情如同
革命的刀槍，一滴血一陣高調

寸寸江山，滴滴血
流不盡的叫痛

昨日的愛是今日的恨
血，成了變色的龍

一九九二・四・卅
《聯合文學》第九十六期（一九九二年十月號）

# Blood

Boiling blood, its surge
If coagulates, will not insist on keeping its nature

The true feelings of wound are like
The knives and guns used for revolution, with each drop of
blood accompanying by a burst of high-profile recognition

Each inch of the country is filled with blood
The river of blood is called pain

Yesterday's love is today's hate
Blood, has become the discolored dragon

# 水

無所謂生，無所謂死
不斷易變是千古不變的命數

不必問什麼流派
溫柔的體態，凶狠的性格

潛伏才是真功夫，滲透每個部位
讓你虛胖浮腫

使你無法消瘦，我是體貼的
永不溜走

一九九二‧六‧八
《聯合文學》第九十六期（一九九二年十月號）

# Water

Does not matter life; does not matter death
The endless change is the fixed destination since the ancient
time

Don't ask what its style is
Gentle body, vicious personality

Concealment is the skill, penetrates everywhere
Makes you puff and swell

Makes you unable to lose weight, I am considerate
Never slips away

# 夢

生活像斷層的谷底
夢讓我們走進了森林

森林的廣闊深邃而迷人
驚喜如夜鶯的眼神向遠方

夢的翅膀與現實的距離
一振翼一出美感

夢裡夢外
分割著生命的傷痕

一九九二・十・廿
《聯合文學》第九十六期（一九九二年十月號）
選入：《八十一年詩選》
選入：《九十年代詩選》（辛鬱等編）
選入：《九十年代臺灣詩選》（沈奇編）

# Dream

Life is like the trough of a fault
In a dream, we wander into a forest

Forest is vast, deep and charming
Surprise with joy as if the nightingale's eyes face distant places

Wings of a dream and the distance of reality
Beauty generated by each swing of the wings

Inside and outside of a dream
Split the scars of life

# 煙

煙喜歡無風
等於人愛過平靜的歲月

嫋嫋炊煙垂直了天地的一條
直線，懸幟著平安幸福的家園

就怕狂風暴雨來襲
煙，需要不散的考驗

多少聚合捻繫如煙絲繞纏
多少離異背棄如煙熄煙滅

一九九二・八・十二
《聯合文學》第九十六期（一九九二年十月號）

# Smoke

Smoke likes windless days
As if people like to live quiet lives

Swirling smoke vertically connects the sky and earth
A straight line, advertizing a peaceful and happy home

Worries about the fierce wind and rainstorm
Smoke needs the test of togetherness

How many times of aggregation lingers like swirling smoke
How many times of separation abandons like extinguished flame

# 岸

不斷划動奔波前行，只為了上岸
何其滔滔的歲月

有人迅速登陸，有人四顧茫茫
何其浩瀚的人生之海

從此岸跋涉到彼岸
何其遙遠的歷程

岸引燃希望之火
岸堆積著失望的灰燼

一九九二・十・廿
《聯合文學》第九十六期（一九九二年十月號）

# Shore

Ceaselessly paddle and rush forward, for going ashore
How many surging tides of passing years

Some people go ashore swiftly; some people look around the
vast in vain
How vast is the sea of life

Trek from one shore to the other
How far is the course of the journey!

Shores light up the fire of hope
Shores fill with the ash of disappointment

# 齒

上下磋磨
才有咬齧的快感

勢均力敵的咀嚼
才能殺出肉搏的滋味

咬齧咀嚼，鋸齒如仇
常露齒，是否令人不齒？

齒如部伍的士卒，一個倒斃全排
叫痛，學一點舌的軟功夫吧

一九九二‧八‧十三
《笠》詩刊一七四期（一九九三年四月號）

# Teeth

Grind upward and downward
Enjoy the pleasure of gnawing

Chew in parity
Spark the tension of melee

Gnawing and chewing, jags are like enemies
Constantly exposing teeth, will it become offensive to people?

Teeth are like soldiers of an army unit, one fallen soldier results
in the death of the entire unit
With a cry of pain, had better learn the flexible skill of the
tongue

# 夜

用黑色來包裝萬物
夜透明成了水晶體

你將窺見到陽光之下
無法捕捉的清醒如精靈的跳躍

邁入夜的深沉隧道
所有潛伏的意識都曝現成蠢動的菌類

不斷探索夜的漏洞
人類以同樣黑的面目尋找出路

一九九二・九・廿六<br>《笠》詩刊一七四期（一九九三年四月號）

# Night

Wrap everything in black
Transparent nights become crystals

Under the sun, you will see
The unseizable awakening is like the jump of wizards

Enter the deep tunnel of nights
All the lurking senses become the wriggling fungus

Endless search of the vulnerability of nights
Humans with the same dark side are looking for their ways out

# 鞋

人人都想抓住一些什麼
鞋，抓住了腳板還是抓住了道路？

雖是成雙成對
永遠左右虛實的對立

這隻跨前那隻跟後
不斷追逐才是存在的理由？

有目標或沒目標
終究屬於被遺棄的命運

一九九二‧六‧廿二
《中外文學》二五三期（一九九三年六月號）

# Shoes

Everyone wants to seize something
Shoes have seized feet or roads?

Although in pairs
Always in contrast between left and right or real and unreal

One foot steps forward and the other follows
The never-ending chase is the reason for existence?

With or without a purpose
Still belong to the fate of being abandoned

# 酒

酒的張力能解禁佛的不可說
放肆浪漫情懷，酒話連篇

嘔吐一大堆廢話的真言
屬於獨白，意不在酒

酒後亂性，超了現實的手法
辯證潛意識的行為，藉酒裝瘋

一支燭光，兩杯對飲
既古典又後現代，酒逢知己

一九九三・四・廿三
《笠》詩刊一七五期（一九九三年六月號）

# Wine

The tension of wine can lift the ban of Buddha's saying "The
meanings are beyond words"
The presumptuous romantic feelings, become talkative after
drinking

Trash talking, but with truth
It is for monologue not for wine

Chaotic behavior after drinking, the technique is surreal
Dialectic subconscious behaviors, uses alcohol to fake one's
mental illness

One stick of candle, two people drink together
From classic to post-modern scenes, people encounter soul
mates while drinking

# 手

握拳而來，想爭什麼
又想掌握什麼

緊緊握拳的手
從出生開始就想握世界於掌中

要知道，必須攤開才能掌握
手，這個世界更需要施捨

手掌的開合之間，瞬如一生
撒手而去，又能掌握什麼

一九九三‧四‧十四
《笠》詩刊一七五期（一九九三年六月號）

# Hand

Arriving with clenched fists, what do we fight for?
What do we intend to control for?

Hands with tight fists
Signify the desire to grasp the world in our palms upon birth

Ought to know, only spread out our hands so we can grasp
Hands, this world needs charity

Between opening and closing hands, life is transient
Hands are opened upon our death, what can we hold on to?

# 臉

歲月沒有年輪
歷經的腳印全刻烙在臉上的紋溝

世事詭譎容不下單一的面目
所以有許多異樣的臉譜

嬰兒的美潤轉換為老朽的縐醜
那只是一瞬間的事

對不同的人事妝扮不同的臉
你需要很多臉嗎？不要臉

一九九二・六・十八
《文學臺灣》第七期（一九九三年七月號）

# Face

Ages have no growth rings
Footprints of passing years carved in the microgroove of faces

Filled with treacherous events, the world can never settle for
one single aspect
Thus, many faces

Beautiful faces of babies grow to be wrinkly faces of elders
Changes occur in a moment

Deal with various people and events with different faces
Do you need many faces? Shameless!

# 髮

每束烏黑亮麗的髮
都想結繫綺麗的夢

夢裡多貪歡
夢醒髮幡白

縷縷斷落的髮絲
還能纏綣什麼緣份？

時光的刀子無奈地刮刷
抑或情劫的傷變

一九九二・六・廿二
《文學臺灣》第七期（一九九三年七月號）

# Hair

Each bunch of black and shiny hair
Is longing for binding with colorful dreams

In dreams, we are often overly indulged in good times
And are full of white hair when awakening

A plume of hair is broken and scattered
How can it entangle any fate of union?

The knife of time helplessly scrapes and brushes
Perhaps it is the sad feeling of being robbed of love

# 舞

一節一節把自己的筋骨拆散
重新綰結編練成為一條繩

摔出繩變成蛇，而柔成水
水中的魚，躍出為鷹

飛翔盤旋，旋出飄忽的雲
嘩啦如雨，下凡又蓮花化身回歸成洶濤

舞就變，變肢體成意象語言
舞出自己，變易幻滅

一九九三・六・七
《聯合報》副刊（一九九三年八月六日）
選入：《臺灣文學讀本》（五南版）
選入：《穿越世紀的聲音／笠詩選》

# Dance

Break one's tendons and bones section by section
Re-string them together into a rope

Throw out the rope and it becomes a snake; so soft it turns into
water
Fishes jump out of the water and become eagles

Fly and circle over; spin out of drifting clouds
Like crashing rain; from heaven to earth, becomes the embodiment
of lotus and returns to the tumultuous sea

Dance is change, physical motion becomes image language
Dance with one's style; fills with changes and disillusionments

# 風

東西南北風
你最喜歡吹什麼風？

西風清涼舒爽，北風冷冽犀利
南風溫暖薰得人茫茫醉醉

東風吹來
你想借什麼？

堅持一定風向
風裡來浪裡去

一九九三‧四‧廿七
《笠》詩刊一七六期（一九九三年八月號）

# Wind

East, west, south, and north wind
Which do you like best?

West wind is cool and comfortable, north wind is chill and sharp
South wind is warm and the warmth makes people feel drunk

East wind is blowing
What do you want to borrow?

Insist on having wind with a specific direction?
Come with the wind and go with the wave

# 火

燃燒起來的憤怒，這世界
烽火連綿，無非不平的火在蔓延

其實人人心中都有一盞溫婉的火苗
溫慰自己，照亮別人

生命的延續，就靠那一點
不熄的火種來傳遞

火在水中滅，火從水中生
火，不滅的慾望

一九九三・四・廿七
《笠》詩刊一七六期（一九九三年八月號）
此詩曾被譯成韓、英文分別在韓、美國發表。

# Fire

Burning anger, this world
The never-ending wars are the spreading fires of anger against
unfairness

In fact, there is a gentle and graceful flame in the mind of each
person
Warmly comforts the self; illuminates the others

The continuation of life relies on
The passing of the never distinguished fire

Fires are extinguished in the water; Fires are created in the water
Fires are the never-ending desires

# 站

距離與距離間的跳板，站
或短短的一步或用長長的一生去跨越

到了這站，又想到另一站
跋涉的是舉目茫茫的眼神

拋棄這站，又出現那一站
一站又一站，何處才是終站？

站，標示著悲歡離合的腳印
揮手想要掌握的全是落塵

一九九三・元・十三
《臺灣新聞報・西子灣副刊》（一九九三年九月廿七日）

# Station

Connections between distances, stations
Could be reached by just one small step or a lengthy lifetime

Upon the arrival of one station, desire to reach for the other
Trek with the vast and empty look in the eyes

Abandon this station; reappear at the other station
Station after station, where is the final station?

Stations, signify the footprints of departure sorrow and reunion
joy
Grasp with waving hands; can only catch the dust

# 耳

繁華的世界已不必再用形相和顏色來
塗抹，只要通過聲音的隧道

你的世界和我的世界
彼此傾聽同頻率的心跳而重現

本來可以聽得清楚的
心聲，卻被太多的雜音干擾

聽來聽去，一大堆的廢話
這世界如果耳朵能閉起來該多好

一九九三・四・廿
《臺灣新聞報・西子灣副刊》（一九九三年九月廿七日）

# Ear

No need to use shapes and colors to paint a busy world
Only needs to channel through the tunnel of sound

Your world and my world
Reappear through listening to the same-frequency heartbeats of
each other

Voices of truth can be heard initially
But is interrupted by too many noises

Listen and listen, only hear senseless words
If ears could be shut in this world, how wonderful would it be?

# 楓

要等待天寒，秋風吹起
才現出本色，嫣紅的笑靨

多少帶點感傷的愁，飄流
冷風中，用一葉一葉的脈紋解析

葉脈如掌紋絲絲的紅
匯集多少心語凝結為一滴血

飄落也好，懸繫在枝椏搖晃也好
都是一種堅持

一九九三・八・卅一
《自立晚報・本土副刊》（一九九三年九月卅日）

# Maple

Wait for the chill days; the fall wind begins to blow
Then shows the true characteristics with bright red smile

With somewhat sentimental worry, wander
In the cold wind, use veins of the leaves to analyze

The veins of leaves are as fine and red as the palm lines
Accumulate many inner thoughts and condense them into a
drop of blood

Falling from or swaying with the branches are both good
Both are persistent

# 雲

兒童最喜歡把雲比喻為
魔術師，能變無為有

像神仙一樣飄來飄去
當人們站在高高山頂的時候

你像美人的面紗
更像孩童愛吃的棉花糖

其實任何比喻都不對
你只像人間聚散無常的樣子

一九九三‧七‧十九
《自立晚報‧本土副刊》（一九九三年九月卅日）

# Cloud

Children like to use analogy between cloud and magician
For they can turn nothingness into fullness

Flying everywhere like immortals
When people stand on the tops of mountains

You are like a beauty's veil
Even more like children's favorite cotton candy

In fact, no analogy is a good match
You are like the world's uncertain events of reunion and parting

# 霧

短暫的生命並不意味淡薄
它是個謎,小心入陣

像一首詩,構成就是實體
不必透視分析

把現實的景物蒙上一層不明的色彩
像灑上白胡椒須要忍住一時的莽撞

當太陽來到,我走了
誰能仔細看清,它瀟灑的一生

一九九三・九・卅

《臺灣新聞報・西子灣副刊》(一九九三年九月卅日)

# Fog

A short span of life does not mean indifferent
It is a maze, be careful when entering the maze

It is like a poem, the structure is a real entity
No need to see through or analyze it

Covering the reality of the scenes with a layer of unknown color
Just like spreading the white pepper, need to bear this reckless
moment

When the sun arrives, I will have left
Who can see clearly its glorious and serene life?

# 網

在時間的流程裡，人魚同游
隨時撒下，網如死神的魔掌

細細羅織的複眼，逐鹿中的
獵物，盡狂奔於集中的目標裡

撒出去，手掌的延長一條條
緊拉的是自己暴脹的筋脈

面對茫茫大海的命運
泡沫漂浮著逃亡的歷程

一九九三・八・十六

《臺灣新聞報・西子灣副刊》（一九九三年十月廿日）

# Net

In the flow of the time, people and fish play together
Cast at anytime, nets are like the clutches of death

Carefully framed compound eyes, in battles
Preys, all run toward the colleting objectives

Cast, hands extended with strip by strip
Being tightened are own swelling tendons

Facing a fate that is vast as ocean
Bubbles float with the journey of escape

# 疤

一切傷痛必須在時間的
黑板上，清晰地劃下休止符

偏偏疤痕由紅變黑
曾被白色的紗布包紮過的

如果挨痛超過忍耐的程度
還會被麻醉，模糊本來的面目

既已成疤，就不要再去
挖傷，否則再度流血

一九九三・八・二十三
《臺灣新聞報・西子灣副刊》（一九九三年十月廿日）

# Scar

All the wounds need to be written clearly with a stop sign
On the chalkboard of time

Of all, scar's color changed from red to black
Has been wrapped in white gauzes

If the pain is unbearable
Anesthesia has to be applied, alters the original look

As long as it is a scar, don't
Reopen the wound; otherwise it will bleed again

# 茶

用滾燙的水泡出
溪澗的音籟和山野的滋味

你我啜一口，傳流
葉葉手拈的溫香

乾縮之後的膨脹
全在笑談中，轉瞬了浮沉

有的苦有的甘
都是提醒

一九九三・八・十一
《臺灣新聞報・西子灣副刊》（一九九三年十月廿日）

# Tea

Use boiling water to make
The beautiful sound of streams and delicious flavor of mountains

A sip by you and me, hand down
Handmade leaves with warmth and fragrance

Can expand after being dried and shrunk
While laughing and conversing, momentarily end the ups and
downs in life

Some are bitter but some are sweet
All are reminders

# 磚

火煉之後，已不再軟土可以
深掘，硬是能獨當一面

有稜有角的站起來，構成的
力學如一字一字的詩句

高樓大廈是意象的凝聚
萬里長城是聯想的張力

但請不要各個分開來讀
那會碰壁，鬆散瓦解

一九九三・五・七
《中國時報・人間副刊》（一九九三年十一月二日）

# Brick

After burning in fire, no longer soft soil

Can dig deeply, the hardness can work independently

Those with sharp edges stand up, constituting

Mechanic as if word by word in a poem

Skyscrapers are images of condensation

Great wall is the mental association of tension

Please don't interpret them separately

Otherwise you will run into the wall; it will become loose and

collapse

# 鹽

只有鹽最能體認悲苦
因為人類的血液裡有太多的淚水

潸潸不絕的淚之河
泳過浩瀚的海域而乾涸了岩層

鹽成了坎坷歷程的結晶
只有流汗流淚才能品嚐它的滋味

淚與汗是鹽的流刑
浸濕了人生的鹹澀

一九九三‧八‧三<br>《笠》詩刊一七九期（一九九四年二月號）

# Salt

Only salt can realize the sorrow
For there are too many tears in human blood

The endless tears of river
Swims across the vast ocean and dries into rock formation

Salt becomes the crystal of a rough course of life
Only through sweat and tear can one enjoy the taste

Tear and sweat are the banishment of salt
Soak the salty experience of life

# 門

為了要通過，才造門
用來推開和關閉

為了要關閉，才造門
用鎖把自己和別人鎖起來

如果沒有門就不用開關
如果不用開關，就不必鎖起來

為了要通過，才造門
偏偏門禁森嚴不能通過

一九九三・六・七
《笠》詩刊一七九期（一九九四年二月號）

# Door

For crossing, make doors
Used to open and close

For closing, make doors
Use locks to lock self and others inside

If there is no door then there will be no need to open and close
If there is no need to open and close, then there will be no need
to lock

For crossing, make doors
Only it is heavily fortified and none can cross over

# 歌

話語無法暢開心中的那份
積鬱，就拉長咽喉舒暢試唱

讓心底震盪的聲音通過
胸膛，從口唇旋旋而出

心中有山壑，空谷迴響
心中有海洋，波濤洶湧

高昂低回唱出心路的
管弦，悲與歡

一九九三・八・廿二
《笠》詩刊一八〇期（一九九四年四月號）

# Song

Discourse cannot open up the suppressed mind
Thus elongate throats and try to sing comfortably

Let the vibrating sound from the bottom of hearts pass through
Chests, swirl out of mouths and lips

Mind fills with hills and gullies; valleys echo
Mind fills with ocean; waves surge

Sing for the philharmonic of mental journey with the endless
high and low notes
Sad and happy

# 線

那麼遙遠的天地
需要一條線來牽繫

那麼貼切的天地
需要一條線來劃分？

兩地的相思
要用什麼來牽連？

陰陽兩界的距離
是否也有一條相通的路線

一九九三‧九‧十三
《笠》詩刊一七九期（一九九四年二月號）

# Line

The far away sky and earth
Need to be connected by a line

The intimately close sky and earth
Need to be separated by a line?

Yearning for each other at two places
What can be used to connect?

The distance between heaven and hell
Is there a line to connect?

# 刀

狠狠地總要下那麼一刀
才能驚聞生命誕生的啼叫

如果只是一陣痛，我們都能忍受
刀刃含著肉裂的聲音，而傷口木訥

這世界太腐朽，需要一刀刀的砍伐
這世界已遍體鱗傷，還需一刀刀的凌遲？

刀刀流淌血淋淋的痛
希望刀刀更是忍痛的愛

一九九三・四・廿七
《笠》詩刊一八〇期（一九九四年四月號）

# Knife

Fiercely cut with a knife

Thus can hear shockingly the first cry upon birth

If it is only a series of pains, we can stand

Blade bears the sound of skin creaking, but the wound is silent

This world is too corrupt, needs to be cut by knife repeatedly

This world is already badly wounded; does it still need to be

hacked repeatedly into pieces by a knife?

The repeated cuts followed by the flow of blood with pain

Wish the repeated cuts signify the love bearing with pain

# 燭

刺破黑夜，有了洞孔
如彗星把自己擦亮

生命的斲喪才體驗存在的
堅持，存有之中的空無

我在這裡，握一撮清白
你在那裡，射放影像

燃燒的傷口，決泄精髓的油膏
燦爛的火花，美了夜空的流亡

一九九三・六・廿一
《笠》詩刊一八〇期（一九九四年四月號）
選入《一九九四年臺灣文學選》（前衛版）

# Candle

Pierces the dark night, forms a hole
Polishes oneself as if a comet

Only through the harm experienced in life, one can realize the
meaning of persistence
The void of existence

I am here holding a pinch of innocence
You are there projecting images

Burning wounds, vent the essence of wax
The magnificent sparks beautify the exile of the night sky

# 碗

仰望天空只見一張大嘴
凹扁的空腹需要填平

面對熙攘的人群仍是一張大嘴
擺在生存的十字路口等待叮噹響起

山珍海味凸顯垂涎的慾望
碗底朝天覆蓋著另一個期待

碗的搖動牽引著生命的賭注
掀碗的籌碼大家虎視眈眈

一九九三‧十二‧廿九
《笠》詩刊一八一期（一九九四年六月號）

# Bowl

Looking at the sky, only see a vast mouth
Concave and empty stomach needs to be filled

Face a group of bustling people, still a vast mouth
Place at the crossroad of survival and wait for the sound of dingdong

Delicacies highlight the desire of slobbering
It covers another expectation when the bottom of the bowl is
facing the sky

It involves the gamble of life when the bowl shakes
Lifting the bowl and everyone will stare fiercely at the bargaining
chips

# 瓶

沒那麼大的肚量能容納世界
我的口徑原本窄小

歷經火煉從窯洞中出來
更不怕水寒，也能漂洋過海

目空一切，我無內涵
表面就是我的實體

不必去翻找背面的缺陷
千面佛是我，沒有臉

一九九三・四・十四
《笠》詩刊一八一期（一九九四年六月號）
曾選入臺北市公車詩

# Bottle

Does not have an enormous capacity that can accommodate the
whole world
My caliber is narrow originally

Burned in the fire and taken from kiln
Has no fear of cold water, can sail across the ocean

So arrogant, I have no content
The surface is my entity

No need to find the flaws on my back
I am the thousand-face Buddha, have no face

# 影

自己沒有骨架獨立
須要依靠光的投射才能存在

存在為一張虛無的臉皮
實質的尊容何在

有影嘸？有影，真的
無影，假的

人人希望一切存在的都有影
甚至去影響別人

一九九三・七・廿一<br>《笠》詩刊一八二期（一九九四年八月號）

# Shadow

I have no skeleton to stand independently
My existence relies on the projection of light

My existence is for a piece of empty facial skin
Where is the real countenance?

Is it real / Is there a shadow? There is a shadow; it is real
There is no shadow; it is unreal

People wish all the existences are real (have shadows)
Even want to influence others

# 傘

握一把傘，不怕烈日的烘烤
一手撐住，自有陰涼的天地

握一把傘，不怕風雨的吹打
一手撐住，自有可行的路徑

一把傘一份眷顧，在風雨中
綻開人間瑰麗的花朵

獨撐或互握都是呵護
它帶動了關愛的傳流

一九九三‧五‧七
《笠》詩刊一八三期（一九九四年十月號）
《聯合文學》第一二三期（一九九五年一月號）

# Umbrella

Holding an umbrella, have no fear of baking by the scorching sun
Shoring by one hand, there will be a cool universe

Holding an umbrella, have no fear of blowing by the wind and
hitting by rain
Shoring by one hand, there will be paths to follow

An umbrella signifies a blessing, under the wind and rain
Magnificent flowers bloom in this world

Shoring alone or holding together means caring
It drives the spread of caring

# 藤

為了要抓住太陽，不斷延伸
手臂，想擁抱溫暖

不能頂天立地所以繼續蛇行
在大樹的蔭影下需要露水

不要怪我纏綿，命運本來就有
曲折，讓我攀附你寬厚的胸膛

人人都想站起來，偏偏我是藤
請憐惜，我天生需要依靠

一九九三・六・十六
《笠》詩刊一八三期（一九九四年十月號）
《聯合文學》第一二三期（一九九五年一月號）
日本詩人今辻和典曾將此詩譯成日文在《野路》詩誌四十八期發表

# Vine

For seizing the sun, stretches endlessly
Arms, wanting to hug the warmth

Is unable to stand on the earth with sky overhead; thus continues
crawling like a snake
Under the shadow of a giant tree, needs dew

Don't blame me for lingering; there exists good and bad fates
Let me cling to your broad and thick chest

We all want to stand up, I happen to be a vine
Please pity me; I was born to rely on the others

# 眼

透過眼看到外在的山林
透過眼看出內心的海洋

一開一闔
兩個世界從瞳孔出入

世界的大小和內心的寬窄
全看眼的焦點來調整

最怕有眼無珠
燦爛的世界和黑沉的心海一樣模糊

一九九四・五・廿八
《笠》詩刊一八四期（一九九四年十二月號）

岩上八行詩

# Eyes

Through the eyes, we see the external mountains and forests
Through the eyes, we see the ocean in our heart

Open and close once
Two worlds enter and exit our pupils

The size of the world and the width of our inner world
All depend on the adjustment of the optical focus of the eyes

Fear most when turning a blind eye
The magnificent world and the black inner ocean become fuzzy

# 弦

把自己拉緊
才能發出鏗鏘的律動

把自己放鬆
悠然自得不再有樂音

拉緊容易繃斷
放鬆則懈弛慵懶

弦如繩索架在生死的兩頭
自己則是走索的人

一九九四・五・卅一
《笠》詩刊一八四期（一九九四年十二月號）

# String

Tighten the self
Can make sonorous sound and rhythm

Relax the self
Become leisurely but with no music

Tightening can break easily
Relaxing can become loose and lazy

Strings are like ropes hanging between the birth and death
I am the one who walks on a rope

# 鐘

懸掛如膽，無意震懾被矇蔽的
耳目，而它原本木訥

朝朝暮暮，心中無我
任人敲扣，扣大應聲大扣小應聲小

圓圓無極，暈眩無方
往那裡撞擊，往那裡搖醒

敲撞而後靜定
心中有回音，來自心弦的律動

一九九三・七・四
《聯合文學》第一二三期（一九九五年一月號）

# Bell

Hanging like gallbladder, have no intention to frighten the blinded
mind
It is dull in nature

Days and nights, have no self in mind
Allow people to knock without resistance, reply with a louder
sound when knock hard and a faint sound when knock softly

Round with no margin, dizzy with no direction
Wherever you knock; wherever it will swing and awaken

Static after the knock
Echoes inside the heart, come from the rhythm of heartstring

# 推

推來推去無非想
推成一灘清水，不沾是非污濁

推來推去無非想
推成一座金山，屹立於貧瘠的沙礫上

推來推去無非想
推磨別人於手掌心，自成堆磨的人

推來推去，推不見手
而成無推之推，是謂推之高手

一九九四・六・七
《笠》詩刊一八五期（一九九五年二月號）

# Shoving

Shove around and have no bad thoughts
Shove and form a pool of clear water; stay away from the right,
wrong or dirty deeds

Shove around and have no bad thoughts
Shove and form a gold mountain; stand on top of barren gravel

Shove around and have no bad thoughts
Shoving around others in your palms as if you are shoving
millstones

Shove around and your hands disappear
Shove without shoving is the best technique of all

# 飛

想飛就得飛出自己的影子
影如昨夜的夢，心中的魔

飛的形如同鳥的翅膀
形的變化不是飛的本體

不斷向無可知的天地飛行
像登陸的士兵不知死亡的陷阱

生命無法倒飛
想飛就飛成一雙火鳳凰

一九九四・四・廿七
《笠》詩刊一八五期（一九九五年二月號）

# Fly

Fly out of your shadow if you desire to fly

A shadow is a dream of the last night, a devil of your mind

The shape of flying is like the wings of birds

A change of the shape is not the nature of flying

Continuously fly toward the unknown universe

Like the landing soldiers without knowing the trap of death

None can reverse the course and flying back to the origin of life

Desire to fly; then fly like a pair of fire phoenixes

# 鼓

不得不把肚皮鼓得緊緊的
為了戰鬥，咚咚咚

永遠不能鬆懈的戲場
像一首詩需要走鋼絲的張力

不斷擊打讓昂奮起來的臉皮
為高潮而演出

鼓舞的生命，為自己
或為看戲的人賣命？

一九九五・三・十三
《笠》詩刊一八六期（一九九五年四月號）

# Drum

Forced to expand and tighten the belly
For fighting, Dong Dong Dong

The never resting theater
Like a poem; need the tension of walking on a wire

Endless hitting; let the energetically excited face
Perform for a climax

The life of drum or dance, works for the self
Or works tirelessly for the audiences?

# 秤

肩擔兩邊的重量
一邊秤錘，一邊物件

當兩邊增減平衡時
誰也沒話說，就成交

這世界紛爭不停
心房裡的血液竄流不止

你只增不減，我也只增不減
人間哪裡有持平的秤呢？

一九九四‧五‧十二
《笠》詩刊一八六期（一九九五年四月號）

# Scale

Shoulder two sides of weight
With a scale hammer on one side and objects on the other

After adding or subtracting to reach a balance
Without objection, the deals are reached

Endless conflicts in this world
Hearts bleed endlessly

If you want more; I also want more
Where can we find a balanced scale in this world?

# 暮

當太陽墮入亂草之中
天地有了變色，晚霞暉斜

晝與夜的變數
偏偏此刻難解

像若即若離的愛情
無須辯駁，美得要死

半張著迷戀的眼神，太陽
回顧滾滾蒼茫的紅塵

一九九五‧五‧十九
《臺灣新聞報‧西子灣副刊》（一九九五年十二月廿五日）

# Evening

When the sun falls on the overgrown weeds
The sky and earth change colors, sunset glows

The variables of days and nights
Are difficult to solve at this moment

Like ambiguous love
Is extremely beautiful without any dispute

Partially opens the obsessive look of eyes, the sun
Looks back on the rolling and vast human world

# 葉

一葉一葉向空中
伸掌，刻劃甲子的脈紋

淒冷加減炙熱
季節滾過掌心而滑落

青澀和枯黃都要面對
風雨和烈陽，一張一張的臉孔

黛綠的年華何其暫短
啊　西風裡的飄零沙沙沙

一九九五・十・卅
《臺灣新聞報・西子灣副刊》（一九九五年十二月廿五日）

# Leaf

Leaf extends its palm toward sky one by one
Engraves the veins of a sixty-year cycle

Bleak cold combines with burning heat
Seasons roll through palms and slide down

Both the fresh green and dry yellow ones have to face
Wind, rain and burning sun, one face after the other

How brief is the tender age!
Oh, it is falling in the westerly wind with the sha sha sha sounds

# 雪

雪輕飄飄地飛下
然後漸漸堆積厚重

壓平了大地的眉髮和嘴唇
鼻孔也不再喘氣

這樣溫柔的撫摸
無法叫痛，雪中的刀利

冷冷的咬著牙，蒼白的
跫音，邁出雪地的腳印

一九九五‧十‧廿四
《臺灣新聞報‧西子灣副刊》（一九九五年十二月廿五日）

# Snow

Snow falls airily
Then accumulates into thick piles gradually

Flattens the eyebrows and lips of the earth
Nostrils no longer pant

This soft touch
Cannot cry out in pain, the knife in the snow is sharp

Coldly bite the teeth, pale
Footsteps, take steps to plant footprints in the snowy ground

# 岩

風雨浪濤烈日焦旱的侵蝕
龜裂肌膚深切入骨

命運變景在山上或海邊
根的故鄉永遠蟠據大地

有泥土的實質，我存在
有冥想的天空，我存在

冰冷的容顏雕刻世俗的面具
火山的熱情依然在體內沸騰

一九九六‧十二‧卅

《臺灣日報‧副刊》（一九九七年一月十三日）

# Rock

Eroded by the wind, rain, wave, scorching sun, and drought
Cracked skin, engraves into the bones

Fate changes either on the mountain or at seaside
The rooted hometown always spreads over the vast earth

Where there is an essence of soil, I exist
Where there is an envisaged sky, I exist

Cold looks engrave secular masks
Volcanic passion is still boiling inside the body

# 瓜

我堅持存在
乃一粒結構體的完整

人心險惡
各拿一把刀，時時要瓜分

不錯，我有多層脈絡
區別不同的面貌

片片分瓣的紋路，反射
呈現了世間紛呈中的百態

二〇〇二・二・十二
《中央日報・副刊》（二〇〇二年十一月七日）

岩上八行詩

# Squash

I insist my existence

Being a complete entity


Vicious people

With knives, waiting for the opportunities to divide the squash


Yes, I have multiple veins

Each represents different aspects of the entity


Each petaloid vein, reflects

And shows various complicated facets of the world

# 唇

上下兩片看似各自獨立
其實永遠相連

上可昂揚天堂
下可沉潛地獄

啟合之間，雨水口水
污水，飛濺奔流

兩邊孰重孰輕各自表述
露齒乾喉，最好閉嘴

二〇〇三・四・十一<br>《中央日報・副刊》（二〇〇三年八月十日）

岩上八行詩

# Lips

The upper and lower two pieces look as if independent of each other
In fact, they are connected forever

Upward, can rise vibrantly to heaven
Downward, can submerge calmly into hell

Between opening and closing, rainwater and saliva
Sewage, spatter and pour

Each side states its importance and denounces the unimportance
of the other
Exposed teeth and dry throats, it is better to just shut up

# 舌

把自己藏匿於語言的口水溼地
說與不說如海陸之間拉鋸的波浪

其實隱沒形態
並非表示軟弱

透過齒硬唇柔的交叉防線
駕駛語言強化了舌戰的武器

嚐盡人間的甜酸苦辣
舔，你爽是最溫柔的殺機

二〇〇六年四月十日

# Tongue

Hides the self in the linguistic saliva wetlands
Speaking or not speaking is like the waves see-saw between the
ocean and land

In fact, concealing appearances
Does not represent weakness

Through the cross-line of defense built with the hard teeth and
soft tongue
Drives the language to enhance the weapons for the verbal fights

Tasted all the sweet, sour, bitter and spicy things in the world
Licks; feeling good is the gentlest murderous intention

# 腳

兩極對立
支援頂天的力學

接近大地，一步一腳印
提起一腳讓另一腳更踏實

延伸的對數，演變四肢的爬行
落單，獨行不久

更換腳力
乃邁進的發條

二〇〇六年二月廿八日

# Foot

Two poles oppose each other
Support the mechanics of standing upright

Are close to the vast earth, one step leaves one footprint
Raise one foot while letting the other become steadier

The extension of the logarithm becomes the climbing of four-
legged animals
By itself, cannot travel alone for too long

Changing leg strength
Is the spring for moving forward

# 後記（派色文化版）

一

　　八行詩不是一個固定表達詩的形式，它僅是以這樣形式呈現了這樣內容。我採取較平易而穩定的形式來捕捉日常身邊極平常的事物，以新即物的手法表現了物項的特質及我的觀照。我的詩想較接近於對人生哲思的感悟。

　　我與物的對流或換位，在詩中處處有我的存在，但不做太多個人性的殊相奇想，而盡量還原物項的本體共相特質。在物我交媾之間尋求詩的要妙。

　　我們只要抱持與萬物共存的觀念，則一草一木，一花一果均可入詩。

　　我希望物中有我，也希望物中無我，則無我之我，乃詩的存在，而把詩交給了永恆。

二

　　面對誤解自由等於放縱的動亂無常的世界，適度的節制是必要的；面對語言解體、散亂的無詩世界，以平穩平易的形式呈現詩的可觀。

漢字一個字的結構本身就是一首詩，我更從字的意涵與物項的指稱來反觀自我，則日常身邊事物均有我，也皆有詩。詩不是很遙遠的東西，它存在在我們生活的周圍裡。更希望詩不要脫離生活。

三

八行詩共六十一首，大多寫於九〇年代前五年，當初只想寫二十首成一小輯，短期內完成它，後來覺得不如寫成一本詩集，卻在寫到四、五十首時感到壓力很重，事實上要以一字為題入詩仍是有選擇性的。

《八行詩》是我第五本詩集，年輕時候曾計畫今生出版五本詩集，第五本詩集終於要出版了。其實在寫八行詩的同時，我還另外寫著不同風格的詩，累積到現在已逾百首，也可以另出一集。將來能出版多少詩集，現在反而沒有預計。

在詩的寫作歷程中，詩完成是第一次喜悅；發表時是第二次喜悅；結集出版時是第三次喜悅；如果得到共賞又好評則是第四次喜悅；收入選集是第五次喜悅；如果有人朗誦譜曲歌唱是第六次喜悅；書寫裝裱配畫展覽是第七次的喜悅……

詩能獨樂也能眾樂，詩如能從更多層面被接受，將可消弭社會乖戾之氣。

四

詩與畫本是同源，如得共謀則相得益彰。

本詩集允得賴威嚴畫家插畫，利用新春年假閉門不出，為每一首詩配圖，使本詩集更為精美，實在感激。

　　「派色文化」願意出版這本詩集，祈望少賠一點，則我在出書喜悅之餘，也可少愧疚一些。

一九九七年五月四日

# 再版後記

　　《岩上八行詩》是我第五本詩集,於一九九七年八月由派色文化出版,發行後引起詩壇注目,不少學者、詩人加以評論肯定。時間一晃,出版至今已前後十五年,當初派色文化出版社老闆許振江好友,卻也離開我們十年了,不但頗為懷念也很感傷。出版事業本來難做,詩集更是滯銷賠本貨,之所以詩集再版,有兩個原因:一是這本詩集十多年來陸續有詩人評論者提起,也有一些詩友向我要這本詩集;另一原因是美國加州大學Litze Hu教授她中英文造詣極佳,她喜歡這本詩集,願意譯成英文,於是一兼二顧,再版加中英文對照,並有增刪,使它成為六十四完整的易數。

　　《周易》共六十四卦,為完整的象數,為何我的八行詩,深受易經所影響卻只用六十一首之數,雖然六十四最末一卦為火水未濟,亨,而有濟渡未完之意,但我對數有個人之偏好,不喜六十四,又當年我六十一歲,所以取用六十一首之數。如今早已度過此象數範圍,所以再版本將〈影〉原有兩首,刪去一首再加〈瓜〉、〈唇〉、〈舌〉、〈腳〉四首,使它合乎六十四的完整象數。

　　俄羅斯評論家希柯洛夫斯基曾說:「只有新藝術形式的創造才能重建人對世界的敏感、復甦事物、消滅悲觀主義」。我不是主張形式主義者,但我贊同新形式的建立有助於藝術創作〈包括詩文學〉的推陳佈新。

《岩上八行詩》原先設定是有其特定形式的思考，掛上「岩上」的「八行詩」；它是有依據的結構性的八行，不是隨意的，如果任意性的將可排列、組合成多種八行，而不是我的八行的樣相。

　　《周易·繫辭》有云：「易有太極，是生兩儀，兩儀生四象，四象生八卦⋯⋯」。據此可寫出《周易》中的數列：

太極：$(1+1)^0 = 1$　詩由一個單位分陰陽開始。

兩極：$(1+1)^1 = 2$　每節有二行。

四象：$(1+1)^2 = 4$　共有四節。

八卦：$(1+1)^3 = 8$　四節各二行，全詩共八行。

⋯⋯

六十四卦：$[(1+1)^3]^2 = 64$　六十四不是尾數，它可變化無窮。

　　「岩上八行詩」是依據《周易》六十四卦的生成象數排列的，它是個嚴密的結構。《周易》是古代經典，從其中擷取養份，創我之新意，自覺不但不限於舊有之窠臼，反而另有別裁；實則深入研究易經，將發現它永遠是新的。如果不是看出易數變化的奧妙，別有用心，怎能堅持這個形式寫成一本詩集呢？這一點多數的學者、詩人的評論都肯定了，讓我頗感欣慰！

　　一種不同形式的出現，除了表現它在形式上的特殊性外，另外一個理由是對另一種形式的反動。

　　上世紀九〇年代的所謂後現代的詩語言形式，之全面對詩的否定，引起我另一面的思考，我企圖以固定「事實上，內面變化無

窮」的形式，對漫無章法的否定，採取反動的制約，這是我寫八行詩外在的原因。

內在的原因是：我想以簡約素淡的形式，企圖吸納繁複萬象的可能，蘊藏於有限的詩句中。

世上最簡約又能容納萬千事物於簡單數理之中，唯太極一陰一陽符號之變化。所以簡約的語言文詞乃有企圖透測萬物萬象的天機神化於其中的奧秘。不加裝飾，淡盡清遠的直覺語言才能參透心物之性本，或我或物，或其皆是，或其皆非。以有心所住於物；也以無所住於物，盡在心物一渾然之動念轉換間，所以詩題均為一字，一字所含之天地，可發揮命名造物之神機，是所謂「有名萬物之母」！

我只是從一字之本體，還物還我於心的感悟，化為詩中所觀照心物之間交感的世界。

有了形式，就有局限。詩一但成為詩，就被所謂詩所局限。但因有局限才能知道被局限了的是什麼。水，大洋是水；手中一滴也是水，要得的，是詩的本質。所以八行是有局限的，要的是局限中詩的本質，和一字之命名，之名與道體，所激釋的意義。

《周易》是哲學書，它縝密的形式結構肌理，實含蘊深邃的哲思內境。八行詩僅借得了簡單的爻變技巧，至於內容，有感於五十五歲之後，人生有了些許的感悟，從第一首詩〈樹〉裡，提問「而我在哪裡？」開始，漸漸體會〈水〉柔的人生態度；〈楓〉的堅持；〈茶〉的提醒；〈墓〉的面對死亡；〈舞〉的變動觀；〈飛〉的積極態度等，而一些詩人、學者的評論給了回響，令我感謝。詩人謝輝煌發現了我在詩集中，發問了二十八次；詩人王灝與

評論家丁旭輝從形式結構剖析；古繼堂、古遠清兩位學者，詮述哲思感悟的思辯；詩人黃明峰從易經觀物取象析釋等，他們從不同角度精準地看穿了我耍弄的一點詩的舞技，是我詩的知音，這些析論對喜愛這本詩集的閱讀者是極有幫助的，所以在再版時一併收錄。

　　其實評論這本詩集的尚有很多，例如詩人林亨泰、莫渝、林廣、陳康芬教授等的評論，或因限於單篇詩或論及僅一部分，以及一九九七年十月「岩上八行詩作品研討會」由前輩陳千武主持，趙天儀教授等三十位詩友參加的討論紀錄，均因再版篇幅有限無法納入，也全在此表達誠敬謝意。

二〇一二年六月十七日

岩上八行詩
再版後記

附錄

# 論《岩上八行詩》的內在結構

丁旭輝

## 一、緒論

　　岩上，本名嚴振興，著有《激流》（1972）、《冬盡》（1980）、《台灣瓦》（1990）、《愛染篇》（1991）、《更換的年代》（2000）等六本詩集與《詩的存在：現代詩評論集》（1996）[①]，是《笠》集團的主要詩人之一，甫於二〇〇一年八月卸下《笠》詩刊的編輯工作，並於今年（二〇〇二年）二月獲得第十一屆榮後台灣詩人獎的殊榮。

　　追尋岩上詩藝的發展、成熟過程，在第一本詩集《激流》中，我們可以清楚的看到岩上詩藝成形過程的技巧操作痕跡；八年後的第二本詩集《冬盡》，除了技巧更鍛鍊更為精彩之外，同時我們也可以看到逐步清晰的岩上個人詩歌的語言風格。到了《台灣瓦》與《愛染篇》，岩上個人的詩歌的語言風格臻於成熟，成功的建立起獨特的個人詩風。而到了《岩上八行詩》與同期而稍後的《更換的年代》[②]，岩上一面延續其詩風，一面在發展中有了新的變化。《更換的年代》之後，岩上仍然創作不輟，詩風的延續與變異仍在持續中，值得我們細心觀察。

在岩上已出版的六本詩集中，以《岩上八行詩》可以說是最為特殊的一本，全集六十一首詩，都以一字為詩題，每段二行、每首四段共八行，呈現嚴格統一。不管是就岩上本身的詩藝發展過程而言，或是針對整個台灣現代詩的發展而言，這本詩集都是成功之作。就他本身的詩藝發展過程來說，《岩上八行詩》的語言延續、繼承了前面四個詩集所建立的個人詩風，並有所發展，傾向於散文的敘述性，然而內在的張力更為加強，形成一種冷靜濃縮，充滿批判力、辨析力與哲理性的語言；就整個現代詩的發展而言，則其八行詩的實驗與成果可以說是向陽《十行集》[3]之後台灣現代詩的一個甘美收穫。而細品《岩上八行詩》，我們可以發現在明顯可辨的語言風格與體裁形式之外，《岩上八行詩》裡，其實隱藏了極具特色的三種內在結構，這三種內在結構支撐了《岩上八行詩》的語言風格與體裁形式，使得集中的作品有了最佳的展現，是《岩上八行詩》得以成功的重要因素。

　　以下我們將以作品為例證，分析潛藏在《岩上八行詩》中的內在結構。

## 二、「單線深入，層層逼近」的內在結構

　　「單線深入，層層逼近」指沿著同一主題、鎖定同一對象（即詩題）層層深入，最後逼出深刻的結論，例如〈路〉：

　　　走過一條又一條的路
　　　走破一雙又一雙的鞋

路從天邊來
路向海角去

阡陌交錯的路
來來往往過路的人

有多少人能走出自己的路
路令人迷路

　　第一段提出「一條又一條」的路，指出路的複雜；第二段提出
這些複雜的路乃是來自天邊、去向海角，以無比空闊的空間強化路
的無法掌握感；第三段則以「阡陌交錯」將路的複雜性細密化，並
且在上面擺滿了「來來往往過路的人」，如此縱橫交織，使得面對
路時的徬徨、陌生感油然而生；最後終於逼出第四段的深刻疑問：
我們每個人每天都在走路，但至終有多少人真能走出自己的路，而
不只是亦步亦趨的走別人的路、現成的路？甚至很多人走一生的
路，卻走錯了路！一生都在走路的我們，面對路，不禁迷惘了：真
正使人迷路的，居然是路！那麼，我們怎麼能不小心的走好自己的
路？全詩在平易自然的語言中，暗藏層層逼近的張力，既面對人生
的困境，也對人生有所提醒。又如〈岸〉：

不斷划動奔波前行，只為了上岸
何其滔滔的歲月

有人迅速登陸，有人四顧茫茫
何其浩瀚的人生之海

從此岸跋涉到彼岸
何其遙遠的歷程

岸引燃希望之火
案堆積著失望的灰燼


　　「岸」暗喻著人生追尋的目標與理想。第一段提出了所有人的
共同願景：上岸，抓住人生目標、實踐人生理想；為了上岸，每一
個人都不斷努力著，而滔滔歲月，無始無終，在指縫中不斷流逝。
所有的努力在第二段似乎有了結果然而殘酷的事實是：有人已成功
登陸，有人猶舉目茫茫，於是第一段「歲月滔滔」的泛泛感慨，在
此深化、具體化為人生之海、浩瀚無邊的感慨。第三段裡，焦點更
為集中，鎖定「此岸到彼岸」，距離仍是遙不可及的；然而，在人
海中泅泳，不管多麼遙遠，不管落後別人多久，每個人終究都要努
力登岸的，如果登不了岸，只能淪為波臣，在死亡的深海徒嘆失路
之悲了。「岸」既是所有人一生追尋、跋涉的目標，那麼，是否上
岸，就是登上芳草鮮美、落英繽紛的美麗天堂呢？在第四段，詩人
帶我們上岸，給了我們答案：岸上固然點著希望之火，然而，希望
之火燒過後，堆積的，卻是失望的灰燼！在費盡千辛萬苦的追尋跋
涉後，岩上冷靜的道出了人生悲哀殘酷的一面，簡潔的語言中瀰漫
著怵目驚心的張力。

除此之外，像〈屋〉、〈站〉、〈楓〉、〈碗〉、〈藤〉、〈弦〉、〈飛〉、〈岩〉等，也都是極好的例子。例如〈站〉，第一段說：「距離與距離間的跳板，站／或短短的一步或用長長的一生去跨過」，點出站的「跳板」的功能；第二段；第二段說：「到了這站，又想到另一站／跋涉的是舉目茫茫的眼神」，點出我們一生不斷的踩過一個又一個的跳板，然而自問為什麼要如此辛苦的跋涉呢？答案卻是茫然的眼神！到了第三段，跋涉的答案仍然無解，所以仍然不斷的一站跳過一站，疲憊的身軀不禁要問：「何處才是終站？」到了第四段：

　　　站，標示著悲歡離合的腳印
　　　揮手想要掌握的全是落塵

　　深入揭露「站」的本質：印滿了來來往往的「悲歡離合的腳印」，而到最後，所有的小站大站，無非都將積滿落塵，拈出人類生存悲劇的真貌。又如〈飛〉，以極精彩的二行開始：

　　　想飛就得飛出自己的影子
　　　影如昨夜的夢，心中的魔

　　超越自己是「飛」的開始：第一段飛越自己的影子，第二段進一步飛越自己的形體，第三段更進一步飛越不可知天地，到了最後一段：

生命無法倒飛

想飛就飛成一隻火鳳凰

　　由飛越影子、飛越形體、飛越天地，最後則飛越生命的極致，飛成一隻浴火而生的火鳳凰，把生命的意義擴張到無限永恆。

## 三、「多線擴張，深刻收束」的內在結構

　　「多線擴張，深刻收束」指的是由詩題出發，因聯想、引申而帶出其他相關的意象，最後又深刻的收束於詩題或其相關詩意，例如〈杯〉、〈舞〉、〈風〉、〈網〉、〈磚〉、〈鹽〉、〈歌〉、〈影〉等都是採取「多線擴張」的結構方式。由於「多線擴張」的結構方式在詩的進行過程中會由詩題引發諸多相關的意象，所以往往在中間兩段會出現精采的高潮，然後在結尾引出深刻的結論，例如〈風〉：

東西南北風

你最喜歡吹什麼風？

西風清涼舒爽，北風冷冽犀利

南風溫暖薰得人茫茫醉醉

東風吹來

你想借什麼？

堅持一定風向

風裡來浪裡去


　　第三段可說是詩的精采高潮，詩人在此提出阿拉丁燈神式的
驚人一問：如果人生可以借得你最希望得到的事物，那麼你要借什
麼？錢財？愛情？健康？幸福？快樂？夢想？第四段則提出深刻的
結論：人生只要堅持原則，不管遭遇什麼困境，都一定可以風平浪
靜的。又如〈網〉，在第一、第二段裡，「時間」撒下「死神的魔
掌」般的網，所有的生物都將無法逃脫這張巨網。但是在第三段，
詩人說：


撒出去，手掌的延長一條條

拉緊的是自己暴脹的筋脈


　　鏡頭一換，此時的網是一張由手掌暴脹的筋脈所組成的網，
人的命運，將由人自己抓緊在自己的手掌內，充滿強勁的生命自主
力。然而到了最後一段：「面對茫茫大海的命運／泡沫漂浮著逃亡
的歷程」，人畢竟無法抵抗命運的巨網，只能泡沫般的逃亡在無邊
際的大海，透露出生存的無奈與悲劇感，或許略嫌消極，也許是曾
經努力抓緊過自己命運後，一種「盡人事」之後「聽天命」的坦然
心態。又如〈歌〉的結構也是一樣，第一段用喉嚨唱歌，第二段聲
音由心底震盪而出，到了第三段：

心中有山壑，空谷迴響
心中有海洋，波濤洶湧

　　由心底唱出的歌，其實就是生命之歌，可以聽出一個人的氣度與格局，而人的一生所唱的，無非就是這首生命之歌，如果生命飽滿、內蘊充實，心中有山壑可以容物，心中有海洋可以行船，所唱出來的生命之歌自然空谷迴響、波濤洶湧，充滿雄奇壯闊的恢弘格局。這是全詩最精彩的高潮，對仗的形式在此正足以強化詩的氣勢，而其語言則維持一貫的平易簡潔。第四段則以歌的高昂低迴隱喻人生的悲歡作結，深化「歌」的主題。

## 四、「平緩前進，高潮結尾」的內在結構

　　「平緩前進，高潮結尾」指的是詩的前三段針對詩題、詩旨以平淡舒緩的語言進行說明、敘述、發展或辯證，而在結尾時突然揚起，以一個高潮作結，〈河〉、〈屋〉、〈燈〉、〈夢〉、〈齒〉、〈夜〉、〈臉〉、〈雲〉、〈茶〉、〈門〉等都是詩中的佳例，其中〈門〉是最有名的例子：

為了要通過，才造門
用來推開和關閉

為了要關閉，才造門
用鎖把自己和別人鎖起來

如果沒有門就不用開關
如果不用開關，就不必鎖起來

為了要通過，才造門
偏偏門禁森嚴不能通過

　　前三段以平緩的語言辯證造門的目的，然而最後一段卻高潮突起，以驚異的既成事實全然推翻前面辯證，突顯現實的荒謬，達成深刻諷刺的真正目的。類似的佳例又見〈茶〉：

用滾燙的水泡出
溪澗的音籟和山野的滋味

你我啜一口，傳流
葉葉手拈的溫香

乾縮之後的膨脹
全在談笑中，轉瞬了浮沈

有的苦有的甘
都是提醒

　　前三段語言閒遠清淡，所談論的，都是茶本生身的話題，最後一段突然拔高，由茶本身或苦或甘的特色，轉出「提醒」的意涵：人生或苦或甘，也都是一種提醒，提醒我們不要忘了細細品嚐生活的真味；如果是苦的，就努力體會苦澀的味道，並深刻記取，作為

深入人生的憑藉；如果是甘的，就盡情啜飲歡愉的滋味，為人生的值得留戀，記下美麗的一筆。如果有這樣的心胸，則人生的順境與逆境都將是值得回味的生命風景。其他像〈燈〉，前面三段話說：「燈亮燈熄／豈非生命瞬息的幻滅？／／多少淒風苦雨的夜晚／燈溫慰了歸人／／飛蛾撲來燃燒而死／咱們仍然要逆光擁抱希望」，鋪敘了燈的幾種常見的比喻與功用。第一段揭示一個富於禪理的比喻；第二段由風雨與黑夜的對比，突顯了生的溫暖；第三段則充滿挑戰命運的勇氣與擁抱希望的熱情。然而，到了末段：

燈光閃爍曳曳
黑影也隨即伺候於旁

卻提出一個深刻而又出人意表的結語：光明的背後，黑暗的陰影從來未曾離開，正悄悄的伺候在一旁，隨時等著謀殺每一顆幸福的心靈與每一個燦爛的笑容！又例如〈夜〉的末段：「不斷探索夜的漏洞／人類以同樣黑的面目尋找出路」、〈雲〉的末段：「其實任何比喻都不對／你只像人間聚散無常的樣子」等，也都是很典型的例子，都在平緩進行的三段之後，以精彩的二行收尾，直探事物的本然面貌與生命的底層意蘊，往往在措手不及之際，以簡潔的詩句，震撼讀者的心靈。

# 五、結論

　　《岩上八行詩》以嚴密的結構、理性的節制，寫出平易簡潔而具高度張力的語言，其語言之濃縮冷凝頗能配合詩的簡短形式（包括全詩的簡短與每一段的簡短）與結構上的特色，在岩上的詩歌道路上，是異軍突起，也是一個新的發展，既顯示出岩上的詩學雄心與創意，也為台灣現代詩與整體現代漢詩的發展，增添了一條新的道路、新的可能。

① 《激流》（台北：《笠》詩刊社，1973年12月）；《冬盡》（台中：明光出版社，1980年5月）；《台灣瓦》（台北：《笠》詩刊社，1990年7月）；《愛染篇》（台北：台笠出版社，1991年5月）；《岩上八行詩》（高雄：派色文化公司，1997年8月）；《更換的年代》（高雄：春暉，2000年12月）；《詩的存在：現代詩評論集》（高雄：派色文化，1996年7月）。
② 在《更換的年代》的〈後記〉中，岩上說：「《更換的年代》是我繼《岩上八行詩》之後出版的第六本詩集，收錄90年代十年間145首長短詩。這十年間所寫的詩總數量應該超過三百首，而1997年出版的八行詩因為強調形式和內容的特定性已另結集出版，其餘的數量約240首左右，最近在整理資料時才發現遺失一些……不過收錄在這本集子裡的作品數量已不少，內容也多樣，已足以呈現我這十年間詩作的風貌。」見岩上：《更換的年代》（高雄：春暉出版社，2000年12月），頁275。由此可知，《岩上八行詩》與《更換的年代》兩本詩集中的作品，其寫作年代基本上是一樣的，也就是說他們是同一時期的作品，只是《岩上八行詩》出版時間較早而已。
③ 向陽：《十行集》（台北：九歌出版社，1984年7月）。

　　　　　　　　　　此文刊於《台灣詩學季刊》三十九期（二〇〇二年六月號）

# 充滿生活哲理的詩篇

## ——評《岩上八行詩》

古繼堂

　　岩上在《岩上八行詩》集的序文中說：「缺乏組織的語言，將無詩的存在；沒有形式的詩，也將無詩的內容。」這是非常辯證觀點。它突出地強調了詩的結構形式的重要性。的確，詩存在於詩人個性化了的藝術語言之中；內容存在於和它相適應的結構形式之中。因而做為一個優秀的詩人，既要有自己獨創性的詩的語言，也要有得心應手的裝載詩的藝術形式。台灣鄉土詩人向陽於80年代創造了獨特的「十行詩」的形式，並獲得了相當豐碩的成果。進入90年代之後，岩上又推出了「八行詩」詩集。這兩位詩人都是非常富於開創和探索精神的詩人，又是十分有才華的詩人。他們擅於在如森林般的詩人世界中。高高地舉起自己的旗幟；他們敢於在滔滔的世紀詩的洪流中，堅穩地豎起自己詩的中流砥柱，令人欽佩。

　　詩界有「放鳥」和「捉鳥」之說。所謂「放鳥」就是天高任鳥飛，海闊憑魚躍。不拘形式地讓詩自由飛翔。而「捉鳥」是提著籠子捉鳥。就適用獨特的形式，去捉一樣大小的鳥。「八行詩」是岩上用來捉鳥的籠子，多一行不要，少一行不取。這種結構的特點，不僅僅是詩的行數和語言的限制，而且是一種固定的形式裝載一種活的，可以膨脹可以收縮的內容。就詩的特點來說，他要求形式的有限性和內容的無限性。即以最凝鍊、最精省的形式，容納盡可能

多的內涵。八行體在新詩中,是一種比較小的形式。不過,詩畢竟不是瓦罐和陶盆,雖然只有八行,但在詩人巧妙的運作下,有對它的容積可以超過二十行、三十行、四十行。反之,有的詩雖然寫了三十行五十行,但是讀起來卻空空洞洞,甚無東西。詩,是詩人對生活素材、感情、哲理和語言等採擷、融會、消化、吸收,轉化,再用語言外殼表達出來的複雜過程。在這個過程中,詩人如果用料精省、剪裁得當,濃縮嚴謹,其成品就會小而大,即體積小,內涵大;反之可能會大而小,即體積大、內涵小。相同的題材在不同詩人筆下,其成品會差異極大;相同的詩體,在不同詩人的運作下,其結果也大不一樣。所以,歸根到底不是題材、體裁決定詩,而是詩人的素質、思想、技巧和創作功力決定詩。

「八行體」雖然並非岩上的獨創,但是有了《岩上八行詩》詩集的問世。「八行體」便打上了「岩記」的印章。正像「十行體」雖然別人也寫過,但一經向陽專門經營,便自然地有了「向記」標誌。岩上的「八行體」形式和內涵都有其鮮明的特點。形式上的特點:1、所有作品均為詠物詩;2、所有詩的標題都用一個字;3、所有的詩都是分為兩行一節兩行一節,一首詩由四節組成。

岩上的「八行詩」雖然外在結構形式,基本上是固定不變的,但是它的內在結構形式都是異常活躍,隨時變化的。我們講的詩的內在結構,是比外在結構,如整首詩的結構方式,詩句排列,詩語言的運用等,更貼近內容的東西。即詩人對事物的描寫角度,對事物質的判斷及深層內涵的挖掘使用的藝術技巧等。例如詩人寫〈河〉是這樣的:

從哪裡來的
就往哪裡去

而我從高山來
卻往海底去

日日夜夜
奔流不息

你們說我唱歌
還是哭泣？

　　第一節寫的不是河，而是事物的一般規律。從第二節起才是寫河。一般事物是從哪裡來，就往哪裡去，而河卻與一般事物不同，它是從高山來，往海底去。這裡不用海裡，而用海底，增強了悲哀和沉重感。突出了河的特色的個性。雖然去往海底，但還要日日夜夜奔流不息，這是一種無奈的隨波逐流，不能主宰命運的悲劇：「你們說我唱歌／還是哭泣？」充分地表達了無奈者內心的一種苦澀感。這種對河的概括和描寫，角度非常新穎，內涵非常深刻。人格化的河，將所有被時代洪流催迫，不能主宰自己命運的無奈者的內心苦悶，都表露無遺。這首詩的內在結構是，從一般著筆，來顯現個別，在敘述了河的獨特經歷後，再進行質的判斷，並以問句暗示出隱含的答案。而另一首詩〈椅〉與〈河〉不同。該詩如下：

對著人類屁股和脊椎的妥協
不斷扼殺自己的性格

從木質的強硬派
變成墊海綿的軟弱者

而什麼樣的人
坐什麼樣的椅

椅子的存活
難道只有接納的姿態

　　這首詩開門見山，第一節就進入椅子的視景。詩人以批判的目光將椅子刻畫成一個由強硬派變成軟骨頭，專門委屈求全的去承接人類的屁股和脊椎，還要把自己變成海綿那樣柔軟去討好人類。人類還要在椅子上顯出身分和等級，什麼樣的人坐什麼樣的椅子。該詩一樣以問句作結，但問句中表達的不是無奈的自嘲，而是一種不平和義憤。

　　從上述兩首詩可以看出，詩人以詩的不同的內在結構，即對事物不同的描寫方式和切入角度，以及對事物的質的判斷形式，來突現詩的主題思想。〈河〉一詩，可以有多種寫法，對河的質也可以有多種判斷形式。最常見的判斷形式是將河水判斷為光陰，即滔滔東流去，一去一復回；逝者如斯夫，不舍晝夜。或將河判斷為赤子，克服千難萬險，也要投向大海母親的懷抱。岩上獨出新裁，將河判斷為悲劇形式，表現出無奈般的沮喪和自嘲的心境。〈椅〉子

一詩最常見的判斷形式,是爭奪的寶座,如頭把、二把交椅,即權力的象徵。岩上該詩也推陳出新,將椅子的質判斷為逆來順受的軟弱。詩人利用判斷形式的變化,展現出事物內在的不同風彩,突現出詩的深邃主題。這可謂岩上「八行體」詩開掘主題的一種特色。

詠物詩的表現法,一般都不以純抒情的方式處理。基本上都是從客觀的特徵中,去挖掘出他內涵的哲理,因而從深邃的哲理既是詠物詩呈現的一種主要形式,也是詠物詩展現的主題內涵。詩的哲理開挖的愈深,詩就愈精粹,愈凝煉愈感人。岩上「八行體」詩的最大特色是,亦詩亦哲。即一首詩表現出一種令人深思的哲理。哲理是對生活經驗的高度概括和濃縮,它包含了許多人產生共鳴的道理。因而詩中不但少不了哲理,而且常常要靠哲理來做筋骨和靈魂。詠物詩尤其如此。有許多詩,本來沒有什麼特色,甚至是失敗之作,但是往往由於詩人巧妙地,畫龍點睛式地寓入了某種哲理,頓時令人眼睛一亮,整首詩光芒四射。

《岩上八行詩》其感人之處,就在於生活哲理的開掘和運用。也可以這樣說,哲理是這部詩集的筋骨和靈魂。岩上詩中的哲理的內涵和表現方式,也是豐富多彩的。

一、**哲理的現實性**。岩上是一位關注現實的詩人,他的許多詩,都具有較強的現實性。哲理詩和詠物詩在許多詩人筆下是遠離現實的,但在岩上筆下,它卻和現實息息相關。請看〈屋〉:

你想進來

他想出去

進進出出
世間百樣的人

屋內的人喊：囚犯
屋外的人叫：流浪者

台北的天空
讓屋內屋外的都不是人

　　詩人明寫「屋」，實寫社會。屋是一個小社會，社會是一個大屋。有的人想進來，有的人想出去。進進出出，什麼樣的人都有。在這裡面的人沒有自由，形同囚犯，在外面的人沒有定所，成為流浪者。詩最後兩句落實到台北的現實「屋內屋外的都不是人」。讀完這首詩，應該再從結尾回復到詩的開頭。雖然屋內屋外都不是人，但仍然要進進出出。其中包含著巨大的憤怒和無奈、無聲地表示了哲學的批判和批判的哲學。

　　二、**哲理的辯證性**。許多事物必須用辯證的觀點去看，而不能用機械的觀點去看。用辯證的觀點看問題，許多問題便迎刃而解，用機械的觀點看問題，本來是活扣也會變成死結。從生活中抽象出來的活的哲理，自身就具有很強的辯證性。讀〈門〉一詩：

為了要通過，才造門
用來推開和關閉

為了要關閉，才造門
用鎖把自己和別人鎖起來

如果沒有門就不用開關
如果不用開關，就不必鎖起來

為了要通過，才造門
偏偏門禁森嚴不能通過

　　作者雖然表面寫的是門，實際上寫的卻是各種社會和人際關係。為了通過才造門，門的功能是通過，但造了門卻反而通不過，因為門還有另一面，即閉鎖。因而人們辦理公事都必須考慮它的利、害和得、失兩方面。如果僅僅考慮到門可以通過，那麼就可能反被鎖入自己造的門中。反之，如果僅僅考慮到門會關閉，而不敢去造門，自己就走不出去。該詩不僅表現了門的辯證性，而且特地點出了「門禁森嚴」的內涵。「門禁」是人為的，強加的手段，是一種控制和剝奪性的行為。他和「權」字緊密聯繫在一起。這是對強權和專制的一種指控。

　　三、**哲理的啟育性**。哲理是人生的經驗和體驗的凝鍊，因而凡是人生哲理，對人生都有啟迪和教育作用。人們千方百計要從生活中概括哲理，目的就是為了鑑往開來。岩上「八行體」詩中的許多哲理，對多數人都有啟育意義。請看〈弦〉：

把自己拉緊
才能發出鏗鏘的律動

把自己放鬆
悠然自得不再有音樂

拉緊容易繃斷
放鬆則懈弛慵懶

弦如繩索架在生死的兩頭
自己則是走索的人

　　詩人將人生比做一根弦，一頭連著生，一頭連著死。而每個人都是走在人生的弦索之上，人的兩隻腳時時刻刻都在弦上彈奏著。由於人們的努力程度和天資的差別，每個人彈出的音樂是不一樣的。這裡詩人告訴人們一個彈奏的秘訣。即！將人生的弦索拉緊一些，彈奏出的音樂便鏗鏘入耳，美妙動人。而將人生的弦索放鬆，那人生的弦索便彈奏不出什麼音樂，其人生將是一片空白。這裡「緊」和「鬆」象徵著兩種人生觀；代表著人生的兩種態度。「緊」代表著奮鬥和進取，「鬆」代表著庸碌和懶惰。不過，能夠在人生的弦索上彈奏出好音樂者，是要付出代價的，因為弦繃緊了之後，就容易斷裂。詩人將事物的兩面性都擺了出來，讓人們自己去選擇。不過，我想多數人還是珍惜那極為寶貴的人生的，還是願意付出一定代價，在自己人生的弦索上彈奏美妙動人、鏗鏘有力的音樂的。

　　岩上是一位十分勤奮，而又擅於思索的詩人。許多事物自身似乎並無太多詩意，表象上又看不出什麼哲理，但經過岩上藝術的思維進行深入的思考和開掘之後，便頓時詩意盎然，哲思動人。比如

他寫「碗」，把碗口朝天預示一個期待，而碗口下扣埋伏著可怕的賭注，將碗寫得有聲有色。請看這樣的詩句：「碗的搖動牽引著生命的賭注／掀碗的籌碼大家虎視眈眈」。再如同他寫「磚」，突出了群體性的凝聚力量「高樓大廈是意象的凝聚／萬里長城是聯想的張力／但請不要各個分開來讀／那會碰壁，鬆散互解」。

　　哲理，是詩中的精隨和寶石，它能使詩變得厚重而深邃；它能使詩變得精巧而凝聚；它能使詩變得輝煌而燦爛；它能使詩變得含蓄而有味。但是，越好的東西，便越來之不易。像金子埋在沙中，像玉藏在石中，哲理深藏於大量的生活的碎片和雜質之中，需要勤奮的詩人去開掘，需要有才華的詩人去發現，誰付出的腦汁和汗水最多，它便在誰的作品中閃耀。

一九九八年元月十日
於北京西郊萬壽寺
此文刊於《笠》詩刊二〇四期（一九九八年四月號）

# 對人生哲思的感悟
## ——評《岩上八行詩》

### 古遠清

　　走進《岩上八行詩》（派色文化出版社1997年版）的詩世界，我們看到的是諸如雲、霧、水、椅、鐘這些日常生活中極為平常的事物，聽到的卻是作者對人生哲理的感悟。寫的雖是一草、一木、一花、一果，但讀者不難看到作者在物我交媾中尋求詩的奧妙。

　　八行詩雖然篇幅極有限，但藝術的張力從來不以行數多寡計算。藝術是一向崇尚百花齊放，最忌一枝獨秀。因此，我們不能用長篇抒情的潑墨去貶低八行詩的濃縮，也不能用政治抒情詩的奔放強勁去對抗八行體的平穩和簡易。

　　如果說岩上的八行詩有自己的藝術追求的話，就在於他抱著與萬物共存的觀念，在鼓、秤、葉、雪這些尋常物中融進自己對生活的特殊感受和體驗，並在這些感受和體驗的基礎上展開想像的翅膀，創作出不與他人雷同的詠物小詩和哲理小詩。大千世界的形形色色，諸如〈窗〉所展示的雲彩的瑰麗和悠遊、詭譎和伏動，一會快樂、一會悲傷的情感，均是《岩上八行詩》的詩意源泉。通過一扇小窗去揭示世界的奧秘，既使詩的意象清晰而單純，又在一關一閉、一喜一怒的對比中變得物中無我，而「無我之我，乃詩的存在，而把詩交給了永恆。」

岩上不寫大陸詩人實驗過的九言詩，也不像另一台灣詩人向陽那樣經營十行詩，相信這不是一種隨意的選擇，而是希望另闢蹊徑創作出屬於自己的詩體。岩上寫八行詩，非常注意感情的節制，常常寥寥幾筆就把所詠對象刻畫得淋漓盡致。如〈瓶〉中這一段：

目空一切，我無內涵
表面就是我的實體……

　　這哪裡是詠物，分明是在寫人，寫那些狂妄自大，目中無人者。岩上的詩就是這樣注重構思的精巧，注意在平易流暢的語言中升騰著自己對事物的評價，優美單純的意象之間蘊藏著詩人的愛憎情感。〈傘〉、〈燈〉結構簡潔明晰，情感質樸自然，宛如台灣鄉民戴的斗笠，給人一種擋風擋雨的快慰；又似台灣的凍頂烏龍茶，有溪間的音籟和山野的滋味。

　　也許筆者愛喝茶，對海峽兩岸的茶文化有一定了解的緣故，我對岩上的〈茶〉詩情有獨鍾。

　　該詩的後半部為：

乾縮之後的膨脹
全在笑談之中，轉瞬了浮沉

有的苦有的甘
都是提醒

以茶喻載浮載沉、有苦有甜的人生,是此詩的題旨。詩人沒有淺嚐輒止,而是圍繞泡茶、飲茶的過程由表及裡、由此及彼展開來寫,然後將自己對人生的感慨化為「都是提醒」的警句中,使人讀來沉鬱凝重,有別於坊間一些輕靈的詩。作為一個詩評工作者,我有責任將作者滾燙的情感泡出的詩句介紹給讀者。我讚賞這種流傳著感情的溫馨,「全在談笑中」給人哲理啟示的作品。

　　可以說,在自我生活體驗的基礎上,用隱喻的手法描寫日常生活事物,用詩意的爛漫抒寫一種理想的期望,用未經膨脹的「乾縮」詩行展示人生情感的歷程,用情感的歷程引燃一種希望之火,是岩上八行詩的一個重要特色。他的詩,不論是扭曲或凸顯自我,是否定現實的存在或再現現實的存在,或將兩者加以重鑄或變形,都離不開語言的錘鍊。如〈雲〉是人們寫過多次的題目。可作者不滿足於「像美人的面紗」,或「像孩童愛吃的棉花糖」一類的比喻,而將雲重新喻為「像人間聚散無常的樣子」,這就很有創意。這首詩寫得飄逸,但並不輕浮;詩是現代的,但不用怪誕的裝飾;詩在隨意中有出奇的想像,在飄來飄去的比喻中不乏深沉和玄奧,這就是〈雲〉的構思和語言特色。

　　岩上不僅寫詩,還寫詩論。他的詩論,也顯得非常精鍊和耐人尋味。他在〈詩的語言與形式〉中說:

　　　　詩是非理性的,像夢,
　　　　但夢不是詩,夢囈也不是詩

岩上的八行詩，便是他這種理論的實踐。比如〈屋〉，寫的是詩化的房屋，一幅進進出出的人世間百樣圖。結句說「台北的天空／讓屋內屋外都不是人」，這像夢，但絕非夢囈。它不應視為對台北天空的褻瀆，更不應該理解為台北人不是詩中寫的「囚犯」就是「流浪漢」。作者寫的是人的異化，這是一個嚴肅的哲理命題。這裡有明顯的意義導向和導向的感受，與夢囈不可同日而語。

　　像這類好詩還有〈弦〉、〈岸〉、〈眼〉。雖然不能說《岩上八行詩》首首是精品（像〈風〉就寫的過於外露），但至少可以認為，岩上的八行詩探索是成功的。他不是為形式而形式，而是讓形式為內容服務，讓語言的重新組合維護詩的文體特色及其社會性傳達功能。不故作怪異之狀，不以雜亂無章為時髦，在不變中求變，在變中求不變，這正是岩上凝定風格的方法，是岩上八行詩存在的根基。

此文刊於《文訊別冊》（一九九八年五月號）
《笠》詩刊二〇四期（一九九八年四月號）

# 疑問號裡醒眼

## ——岩上《岩上八行詩》讀後

謝輝煌

　　人生一世，不知要碰到多少問題。而心的靈敏度越高的人，碰到的問題更多，詩人岩上便是其中之一。蓋其在近著《岩上八行詩》所收六十一首作品中，竟發問了二十八次之多，豈是偶然？

　　問題，是人生過程中必然有的現象。問題的提出，有時是表示不知與存疑，有時卻是表示「曉了」，而故意用問的方式，作暮鼓晨鐘之鳴，讓聽的人自己去尋找答案。詩人岩上所寫的問題，命意屬於後者，是以醒眼之姿，效拈花示眾。如：〈樹〉：

　　　　上身給了天空
　　　　下體給了大地

　　　　風風雨雨
　　　　朝朝夕夕

　　　　往兩頭伸延抓緊
　　　　而我在哪裡？

　　　　春夏的蒼綠
　　　　秋冬的枯白

「我在哪裡？」似乎問得很搞笑。事實上，就有人不知道「我在哪裡」。因而，東飛西撞，直撞到頭破血流，躲在醫院裡，仍不知「我在哪裡」，這不是個很嚴重的問題？

　　詩人借「樹」說法，頗具巧思。那麼，「樹在哪裡」呢？答案是：樹在天地之間。所謂「上身給了天空／下體給了大地」，這是承上啟下的象徵？而承上啟下，是人類的光輝使命。這個使命，神聖而艱鉅，必須時時刻刻「往兩頭延伸抓緊」，念茲在茲，不能鬆手。縱遭遇數不清的「風風雨雨」，依然「朝朝夕夕」，不改初衷。雖然，結果不過是「春夏的蒼綠／秋冬的枯白」，卻未迷失方向，枉費生機。這也正是「我在哪裡」的究竟。

　　再如：〈秤〉：

> 肩擔兩邊的重量
> 一邊秤錘，一邊物件
>
> 當兩邊增減平衡時
> 誰也沒話說，就成交
>
> 這世界紛爭不停
> 心房裡的血液竄流不止
>
> 你只增不減，我也只增不減
> 人間那裡有持平的秤呢？

增了，還想再增；有了，還想更有，慾望無窮，秤錘有限。秤，永遠不會平衡。不平衡，就有怨恨和紛爭。一個永遠充斥著怨恨和紛爭的人間，誰能過得幸福，活得快樂？

雖然，詩人未正面提出解決問題的方法，但已清楚地指出一個「減」字。惟有慾望減些，知足度日，「心房裡的血液」才能保持正常的運作，而不至「竄流不止」。心靜氣就和，和而能平。平了，就能在「沒話說」的良好氣氛下，拍板「成交」，這不就快樂了嗎？

詩人善問，如「有多少人走出自己的路／路令人迷路」（〈路〉）、「據說有錢的人夜夜換床／行乞者今晚的床在何處」（〈床〉）、「生姿為誰／而忙碌的招展又為誰？」（〈花〉）、「咬齧咀嚼，鋸齒如仇／常露齒，是否令人不齒？」（〈齒〉）、「這隻跨前那隻跟後／不斷追求才是存在的理由？」（〈鞋〉）、「對不同的人事妝扮不同的臉／你需要很多臉嗎？不要臉」（〈臉〉）、「東西南北風／你最喜吹什麼風？」（〈風〉）、「拋棄這站，又出現那一站／一站又一站，何處才是終站？」（〈站〉）、「如果我的人生走入黑暗裡／你還會死死糾纏嗎？」（〈影之二〉）……等等，無一不問得咄咄逼人，而又令人反思再三。

詩人為何有如許的問題？只因現實生活裡發生了這許多事情。詩是詩家對現實生活的反映與反應，一個清醒的詩家，豈能默無一語？所以，詩人不但有「題」必「問」，甚至忍不住要作獅子吼。

詩人的詩，嚴肅多於輕鬆，讀著，有如在讀《昔時賢文》。但不可否認，他的筆底，流的是一股清泉。他不是一隻前腳走，後

腳跟的鞋子，在熱鬧的廣場追逐今天的流風。他是一隻芒鞋，在荒山野徑探索一盞生命的燈。他在「走出自己的路」並企圖讓世人能順利地找出到那叢「洞口桃花」，不再被滿山的雲霧「迷路」。可惜，這樣的詩心，今天越來越少了。

這個詩集的另一特點是形式，從頭到尾，清一色的，「四節八行一字題」，如前文例舉的兩詩模樣。這個形式，在詩集的叢林中，個別而零星出現的，不足為奇。而整集詩如此，可算是新詩詩壇上的一幟獨樹。這是不是從《全唐詩》李嶠那二卷一百二十首「一字題」的五律中獲得的靈感？則不得而知。然詩人有意在無限的新詩的形式中，作一個「形式上凝定」（〈詩的語言和形式〉），是非常的明顯了。

當然，這個「四節八行一字題」的形式，他自己也定名為「遊戲」。他還說：「要遊戲不能不遵守規則，詩也是如此。詩除了和自己遊戲外，也要和別人遊戲……。」是以，有興趣者，大家都可來「遊戲」一番，而喜歡別式遊戲的，也各取所好。不過，他說了一句「詩的本質不是遊戲」的話。換言之，詩，總要能帶給讀者一點可賞的風景。站在這個觀景點上，《岩上八行詩》，實已身體力行了。

此文刊於《笠》詩刊二一二期（一九九九年八月號）

# 試說岩上八行詩中的形式意義

王灝

　　現代詩的出現，很重要的一個原因是對傳統詩形式的一種顛覆與反動，傳統詩律詩、絕句等四、八句、五、七言的詩形式，有其悠長的歷史背景，有其作為詩形式構造的完整性，及形式生命的自足性，因此傳統對形式的堅持，是有其不得不然的存在價值及選擇，因為經歷千百年的歷練，傳統詩的諸種形式格律，已經達到一種形式美的極致及形式生命的嚴整度，在固有形式中進行起承轉合的詩發展秩序，詩的結構肌理，在這些形式格律中，得以完美而圓整的運轉，因此傳統詩對形式格律的堅持，可說是歷經千錘百鍊之後，對一種完整的結構空間，或是對一種完美形式世界的堅持。

　　但是一種文學形式發展到極致，如果變成一種陳腔定調，或是一種僵化的模式時，勢必影響到文學生命的發展，如果形式的固守，會阻礙創作者的揮灑時，便會有突破形式，顛覆格律的要求出現，這是文學發展的一種自然現象，現代詩的出現，主要的原因之一也是為了對傳統詩形式的一種革命，「在五四運動中，中國新詩的產生，主要就是詩在形式上的一個革命，就是打破固定的形式和格律的束縛，求詩的自由發展。」早在七十年代覃子豪先生就講得十分明白，新詩的出現，主要原因是對傳統詩形式的一種革命。

　　現代詩從傳統詩的形式及格律中解放出來，一如蝴蝶破繭而出，找到寬廣無限飛翔的空間，造就了現代詩世界的多元豐富與千

岩上八行詩
附錄

變萬化，使得作為現代文學型類之一的現代詩，擁有無限的世界，也擁有了無限的形式，我們可以說現代詩對傳統詩形式的革命，應該也是文學發展的一個大革命。但是在形式自由的現代創作世界中，卻出現形式回歸，以固定行數，定格詩型的創作實驗，比較有系統而完整的代表詩人應該推向陽的十行詩與岩上的八行詩，他們的詩型不但形數固定，甚至於詩組成的格式也固定，向陽的十行詩以五行兩節方式構組成詩，岩上的八行詩則以二行四節方式成詩，現代人經過革命及顛覆，好不容易往形式及格律中掙脫逃離出來，為何又跳回形式及格律的桎梏之中呢？詩人這種從形式格律的跳離，到重新面對形式選擇形式，既離又即的動作本身，想必不是純粹的只用實驗兩個字就能解釋得盡的，其中必然還是有更深沉的屬於詩的本質，詩結構肌理的思考課題在。尤其從制式的傳統詩形式中釋放出來之後，再重新選擇形式時，其選擇是擁有可以主宰性的，是擁有比較大的彈性空間的，但是向陽之所以選擇十行，岩上之所以選擇八行，向陽之所以選擇五行成節，兩節成篇，岩上之所選擇二行成節，四節成篇，這其中都有他們所要呈現的詩生命之考量與思考在。

形式的自由，可以使詩的推演沒有拘制，岩上在他的八行詩集的序文也如是說「人的心靈本能世界也是一個無極的世界，心物交融的世界更是一個創造的無限世界，所以詩的世界是無限的，形式也是無限的。」相對於詩形式的無限，岩上八行詩創作，表面上看起來是一種自我設限，一種拒絕無限，但是實質上的八行設限，可能是想借看詩形式的有限，去表達或去延展詩生命的無限，現代詩在形式上因為它的被解放而無限，所以詩人才能有選擇的自由，

而因為形式的有限，才能讓詩的承載意義與承載能量得以更豐沛更飽足，由於詩形式的簡約，因此其蘊蓄的單位能量可能更高，詩的力度與密度也可能更高，誠如古繼堂先生在評文中所說的「這種結構的特點，不僅僅是詩的行數和語言的限制，而且是一種固定的形式裝載一種活的，可以膨脹可以收縮的內容。就詩的特點來說，他要求形式的有限性和內容的無限性。即以最凝煉、最精省的形式，容納盡可能多的內涵。」這種在有限形式中，開展無限的詩內在生命與張力，去探索人類內在的深沉內涵，可以說是岩上八行詩對八行形式之選擇與堅持最大的意義。岩上八行詩六十一首都用一個字作為詩題，也多少有這樣的用意在，用最凝煉，最制約的元素，去催化或引爆最豐足的詩想與詩質，由單點入詩，然後層層推演，或多線牽引，在小千世界中經營出詩的繁複意趣，用有限的材質去營造多面向的生命體悟，也因此更為岩上八行形式的選擇，及詩題的單一化賦予了深意，尤其是用六十一首詩來進行八行的結構，整個創作行為及過程，無異就是一種文學工程的建構，因此八行詩集中，分開來看是一首首的即物詩，一首首思索生命的哲理詩，但整本詩集六十一首詩，更適合一起來看，因為雖然不同的詩各自獨立，各自為體，但是寄寓在這系列詩中對生命的反思，對生存樣態的思辨，卻具有相通的質素，在定型的詩型中作詩的經營，彼此間是相通，相互呼應，相互詮釋的，我們可以說這六十一首詩大部分是以物為外相，事實上都是在探討人的存在樣態，都是從人的角度來投射。

　　雖然是固定的形式，但是對岩上來講，初始的形式選擇卻是自由的，它可以選擇四行、五行、六行或十行、十二行、十四行，

甚至於用更多的行數來表現，但是他選擇八行來表現，一定有他的考慮點，不同的行數，其呈現出來的詩想秩序、詩結構肌理也會有所不同，傳統絕句、律詩或是四行，剛好容納詩想由起到承，然後轉而復合，很完整的一個組織及過程，而律詩八句中間三、四句、五、六句對句，整個詩的架構嚴整又能容許豐富意象的完整呈現，也能夠提供給詩脈絡運行的完整空間，因此八行世界，可以說是十分完整的內在空間，詩想在八行的結構中既能完整而有機的交錯運行，又不致於影響到詩意的繁複呈現，所以八行的選擇是很周全的形式選擇。

　　岩上除了寫詩以外，長期以來更潛心於太極拳及命理的研究，因此在他的詩創作中，必然會將太極拳及命理的感悟，融合在詩的經營中，我們欣賞他八行詩的系列作品，彷彿可以感受到其中詩的進行，由起到收，都是在一個有限的空間中自如的運行，在有限中寄寓無限的變化，而他的這些詩中所傳達的諸種生命思考，似乎有意無意間也有一種對命理的索探與思考。不管是太極拳或是命理學，我們都可以把它們回歸到太極兩儀，八卦及易經的哲學圖騰、哲學義理中去印證或解讀，而岩上的八行詩，似乎也可以從八卦的圖騰結構來探討，在岩上的原始構想中，原本是想將這一系列詩湊成六十四首，六十四首等於易經八八六十四掛的組合型態，因此我們認為這一系列諸八行形式的選擇，除了詩結構及肌理的考量之外，八卦哲學的觸引，或許也是一個重要的原因吧！

　　除了一字題，八行的形式之外，這一系列詩中很重要另一個形式是兩行成節，四節成篇，這雖然是固定的詩的結構，單是岩上卻賦予這固定的形式無窮的變化，其變化則呈現在每節二行、行與行

的關係之間，也呈現在通篇四節、節與節之間的關係。行與行之間關係的變化，主導著詩的張力、趣味及深度，所以對岩上這系列詩的解讀，於每節兩行之間關係的探討是很重要的課題，而節與節間的關係，四節間詩想推進方式探討，更可以讓我們了解到八行詩形式設計的深一層內涵。在行間關係變化，節間秩序推進的分析中，更能讓我們體會到這系列詩在不變中所蘊含的變，「在不變中求變，在變中求不變，是凝定風格的方法」，詩集前言中岩上的這句話，也許所指稱的不是詩形式及詩行節間的不變與變，但基本精神上整集八行詩就是在形式的不變中，去完成或是去活化詩內容，詩想秩序，詩句關係的多變，使得整集詩在內斂的形式框架中，展演各種詩的風姿，因為形式的固定化，因此對詩想多樣態化的要求，也就更形重要，對固定形式的最大承載量之要求，更是重要。

　　基於上述的要求，岩上在這集詩內容的呈現，詩想的安排都有極好的設計，也因此我們在詩行與詩行間，詩節與詩節間可以看到這種關係的並呈，或是順承，或是頡頏，或是轉折，或是互為因果，或是相互辨證，或是遞進，有時是飛躍跳動之姿，有時則是傳統詩起、承、轉、合的詩秩序來表現，典型的代表如〈耳〉這一首詩：

　　　　繁華的世界已不必再用形相和顏色來
　　　　塗抹，只要通過聲音的隧道

　　　　你的世界和我的世界
　　　　彼此傾聽同頻律的心跳而重現

本來可以聽得清楚的
心聲，卻被太多的雜音干擾

聽來聽去，一大堆的廢話
這世界如果耳朵能閉起來該多好

　　整首詩從第一段的聲音之必要來起筆，到第二段接承到同頻律心聲共同傾聽，第三段轉到雜音干擾的反面敘述，最後再回歸到無聲不聞的反思中來作結，整首詩基本上是循著起、承、轉、合的秩序來鋪排，這是八行詩中最基本的一種結構模式。
　　這一系列詩中最常見的一種詩想安排方式則是對應頡頏的方式，透過正反的並列，讓詩的張力更強，同時延展出詩更大更深的意義空間。

你想進來
他想出去（〈屋〉）

從木質的強硬派
變成墊海棉的軟弱者（〈椅〉）

人人都想繼續往前走
到這裡卻不得不停留

生的倒下
死的豎起

倒下的軀體沒姓名
豎起石碑有字號（〈墓〉）

你說拉近
我說扯遠（〈橋〉）

　　諸如此類，正反的並列；進來與出去，強硬與軟弱，往前與停
留，倒下與豎起，沒姓名與有字號，拉近與扯遠，諸種相異互背的
現象或態勢並置同列，彼此間矛盾頡頏，讓詩意多了一份轉折，
也讓詩的意義多了一份空間，而這種互相對應的詩想結構，就是
因為兩行成節的基本詩句結構下，才能夠充分發揮，所以什麼樣
的結構，才能引發出什麼樣的詩想秩序來，於此我們也就能體會
出岩上八行詩形式的設計，不是一時隨興的決定，他是有考量到
詩想秩序的運轉，這種詩的結構性安排，在〈窗〉一詩中我們可以
看得更明白。

窗打開房屋的心靈
來看世界的形形色色

包括觀賞雲彩的瑰麗和悠遊
窗是快樂的

窗是悲哀的
包括觀賞雲彩的詭譎和伏動

來看世界的形形色色

窗關閉房屋的心靈

　　這首詩正反對應則安排在節與節之間，第一節的窗開與第四節的窗關對應，同時寄寓心靈的開闊，雖然兩節的句子相同，只是開與關的變化，及兩個句子前後位置的轉換，便有了不同的意義性，而第二節與第三節用窗的快樂與悲哀，雲的瑰麗悠遊和詭譎伏動對應，表達出生命的兩極心境和樣態，四段詩並列起來，彷彿就是一種生命演化過程，有瑰麗與悠遊的情境，也有詭譎和伏動的挫敗，同樣是面對世界的形形色色，只是心靈和窗開和關的不同，生命的情境便有天壤之別，對這種生命課題的表達，只是借由幾個詞句的更動，以及句子的位移，便舉重若輕的表達無遺了，這不得不讓我們讚歎岩上手法的靈巧，對應關係運用靈妙。

　　現代詩形式的選擇及實驗，十行有向陽的發揮，八行則有岩上的經營，十行世界和八行世界所呈現的詩中宇宙、詩中風景，必然有很大的殊異性，兩人都留下經典性的作品，他們從形式的堅持去呈現詩中多采的世界，因此回歸到形式本身去解讀詩作，將更能貼近創作者創作這系列的精神本體。對岩上而言，八行形式的選擇是具有很大的意義在，尤其在中年之後，選擇這種制約的方式來經營他的詩，放在他整個文學生命的發展過程中來看，似乎也具有某種的意義，及另一種象徵意味。

此文刊於《笠》詩刊二二〇期（二〇〇〇年十二月號）

# 觀物取象的智慧
## ——論《岩上八行詩》

黃明峰

## 一、引言

宗白華在《美學的散步》中說：

> 早在《易經‧繫辭》已經說古代聖賢是「仰則觀象於天，
> 俯則觀法於地，觀鳥獸之文與地之宜。近取諸身，遠取諸
> 物。」俯仰往還，遠進取與，是中國哲人的關照法，也是詩
> 人的關照法。[①]

《易經》雖然是一部哲學之作[②]，但歷代以來，中國的藝術家從《易經》中吸收許多觀念，並且將這些哲學上的思辯逐漸轉化為美學上的範疇，而成為藝術創作的根源。美學家，同時也是詩人的宗白華很明確的說出《易經》對中國思想家和藝術家的影響。

詩人莫渝曾對《笠》詩社的同仁做一些簡要的小評。其中，談到岩上時，他說：「鄉居生活保持了敏銳的觀察，易經哲理提示了生命的省思。」[③]同樣也是《笠》詩社同仁的趙天儀先生，也曾說：「由於他（岩上）也研究命理與地理，使他更深入了解生命

的真諦命數。」④從這些論述中，我們不難發現；詩人岩上不僅寫詩，他也對中國的經書《易經》有所研究。雖然說「命理」、「地理堪輿」是「易數」的範疇，不過其思想有許多方面是取之／變化於《易經》的。

讀過《岩上八行詩》，便會發現詩集的內容、形式都和《易經》有密切關係。以下，筆者先簡介詩人岩上及其詩集、詩觀，然後特就《岩上八行詩》作一討論。

## 二、岩上與《岩上八行詩》

岩上，本名嚴振興，一九三八年九月二日生，本籍台灣嘉義縣，現居南投草屯。先後畢業於台中師範，逢甲學院（今逢甲大學）。一九六五年加入《笠》詩社，一九七六年與王灝在草屯創辦《詩脈》詩社。曾獲第一屆吳濁流文學新詩獎、第二屆中興文藝獎章新詩獎、中國文藝獎章新詩創作獎。著有《激流》（1972）、《冬盡》（1980）、《台灣瓦》（1990）、《愛染篇》（1991）、《岩上詩選》（1993）、《岩上八行詩》（1997），以及評論集《詩的存在》（1996）。

《岩上八行詩》的〈後記〉說：

> 「八行詩」是我第五本詩集，年輕時候曾計劃今生出版五本詩集，第五本詩集終於要出版了。其實在寫八行詩的同時，我還另外寫著不同風格的詩，累積到現在已逾百首，也可以另外出一集。將來能出版多少詩集，現在反而沒有預計。

我們知道：《岩上詩選》是一本自選集，可以說是前四本詩集的精選集。而《岩上八行詩》才是他真正的第五本詩集。但在創作八行詩的同時，也寫一些不同風格的作品，也許將來讀者能有機會看到這些作品，也能欣賞／比較不同時期、不同風格的岩上。不過。趙天儀先生對岩上在詩的路途上成長的經過有所論述：

> 岩上從「現代詩」到「笠」為其成長的過程，在「詩脈」中逐漸地成熟，並且在「笠」持續地發展。⑤

趙氏主要是從詩人陳千武為岩上詩集《激流》所寫的〈序文〉而加以論述。值得注意的是：一九九六年，岩上推出了自己的詩評論集，書名叫做《詩的存在》。書中分別透過詩論、批評和述介、詩作和詩集評析、兒童詩賞析四輯來談詩論藝。雖然岩上在〈後記〉中說這些大都是他寫詩過程中的副產品，但正如向陽所說的：「這些篇章，基本上的思想，正式立基在前述〈論詩的存在〉的詩觀上，對於詩的虛與實、有與無、提出詩人來自創作、來自現實與虛構的靜觀之作。因此，這本《詩的存在》可以說就是岩上整體詩觀的一個呈現。」⑥岩上認為詩是存在於人類心靈與對萬物萬象觀照融合的感悟中。他說：

> 宇宙萬物的存在應該是「道的」、「實的」、「有的」存在；而「詩存在於人類心靈及其想像中」是「靈的」、「虛的」、「無的」存在。……。必須在「心」與「物」之間架起一座橋樑，使之合一，至於「物我兩忘」之境界，是心物

之交輝，如觸電的火光，來自實體的觸發。詩的行動是從現
實進入非現實；從非現實落入現實；與現實與非現實交錯的
存在，這是詩存在的真正領域。[7]

同樣的詩觀也顯示在《岩上八行詩》的〈後記〉中。他說：
「我與物的對流或換位，在詩中處處有我的存在，但不做太多個人
性的殊想奇想，而盡量還原物象的本體共相特質。在物我交媾之間
尋求詩的要妙。」又說：「我希望物中有我，也希望物中無我，則
無我之我，乃詩的存在，而把詩交給了永恆。」可見岩上有自己獨
到的詩觀，而這種詩觀也落實在他的詩作上。

## 三、《易經》與《岩上八行詩》

承續筆者在引言中所論，如果《易經》影響了岩上，那麼八行
詩和《易經》有可關係？就內容與形式而言，筆者認為《岩上八行
詩》呈現了以下的特色：

### （一）剛柔相推，變化無窮

從內容而言，《岩上八行詩》吸取《易經》哲理，轉化為美學
的詩藝作品。

《易經》強調這個世界是以乾坤二卦為代表兩相對稱、並行
不悖的天地，其基本動力是來自陰陽兩股力量的互相配合、彼此
消長。即〈繫辭上〉說：「一陰一陽之謂道。」[8]以及〈繫辭上〉
說：「剛柔相推而生變化」[9]、〈繫辭下〉說：「剛柔相推變在其

中矣。」⑩如果我們從這個角度來讀岩上的詩，便會思考這些耐人尋味的道理。試讀〈門〉：

> 為了要通過，才造門
> 用來推開和關閉
>
> 為了要關閉，才造門
> 用鎖把自己和別人鎖起來
>
> 如果沒有門就不用開關
> 如果不用開關，就不必鎖起來
>
> 為了要通過，才造門
> 偏偏門禁森嚴不能通過

　　古繼堂先生說：「作者雖然表面寫的是門，實際上寫的卻是各種社會和人際關係。」又說：「該詩不僅表現了門的辯證性，而且特別的點出了『門禁森嚴』的內涵。『門禁』是人為的，強加的手段，是一種控制和剝奪性的行為。它和『權』字緊密聯繫在一起。這是對強權和專制的一種指控。」⑪古氏乃從哲理的辯證性來談。而〈繫辭上〉有一段話，可說是這首詩的源頭。其云：「闔戶謂之坤，闢戶謂之乾，一闔一闢謂之變，往來不窮謂之通。」⑫由門的「開」、「關」變化提出一種對比的兩面思考，讓讀者感受到詩的力量。另外，「窗」、「眼」等詩作都是在打開／關閉，開／閤之間提出事物兩種不同面相。

岩上的八行詩運用許多「對稱詞語」。例如：天空對大地、春夏的蒼綠對秋冬的枯白、高山對海底、山壑對海洋、屋內對屋外、進來對出去、生對死、哭對笑、過去對未來、快樂對悲哀等等。利用對比的技巧，容易顯示事物的特色，也增加了詩的力量。黃永武教授在《中國詩學──設計篇》就談到：

> 大凡宇宙間的人情物態，其深淺、大小、晦明、苦樂等等的比例，常須兩相比較，始顯示出明晰的概念。所在詩寫作的技巧上，對於一個單寫的事物，往往不易顯示特色，那就須用背景的陪襯對比的映照，使意象顯映出來。[13]

　　蕭蕭更言簡意賅的說：「詩，就是這種對比關係的尖銳化而已。」[14]岩上利用這種對比鮮明的詞語，除了能增加詩的力量外，其實這也符合《易經》六十四卦中，每一卦莫不有對的陰陽對應原理。就時間而言，〈繫辭下〉說「日往則月來，月往則日來，日月相推而明生焉；寒往則暑來，暑往則寒來，寒暑相推而歲生焉。」[15]這是說明變化中的自然有其規律性，如何在變化中存在和發展是一門嚴肅而重要的課題。我們在〈岸〉中讀出滔滔不絕的歲月裡，有人在浩瀚的人生之海迅速登陸，卻也有人依然四顧茫茫。登陸的人，洞悉時光的稍縱即逝，只有積極向前邁進，才有可能成功，才有可能上岸。還在海中漂泊的人，如果還不能找到自己的目標，還不能勇往直前，那麼他的一生終究會被時間的洪流所淹沒。在〈網〉、〈疤〉、〈站〉等詩中，也道出人處在時間的流程裡，存在的意義為何的思辨。就人事而言，〈繫辭上〉：「觸類而長之，天下之能事畢矣。」[16]遇到

困難，必須學會變通之道，否則一味鑽牛角尖是找不到出路的。而〈路〉、〈鞋〉、〈手〉等詩也讓讀者深深的思考這些問題。

　　岩上六十一首的詠物小詩具有非常一致的風格，那就是生活哲思的感悟。許多人也看出這點。[17]然而詠物就得偏重其哲理性嗎？如果不是，為何詩人卻是選擇這樣的風格呢？

　　清俞琰《歷代詠物詩選・序》云：

> 詩也者，發於志而實感於物者也。詩感於物，而其體物者不可以不工，狀物者不可以不切，於是有詠物一體，以窮物之情，盡物之態。而詩學之要，莫先於詠物矣。

　　他認為剛學寫詩的人，應該試著先寫詠物詩，而且最好能「窮物之情，盡物之態」。這就像剛學畫畫的人，先從具體的實像畫起，再學抽象畫。但是想要。「窮物之情，盡物之態」何其容易？長篇的敘述詩可能還無法形容／刻畫這個物體，即使窮盡想像力，還是無法完全滿足某些挑剔的讀者或批評家。對於詠物之作，許多詩評家都有看法。鄭慧如教授說：

> 其實詠物之作只能且切合作者選擇的局部物性，無法由作品得見完整狀貌；即使同詠一物，作者觀切角度不同，所詠之物也有不同形象。換言之，所詠之物與作品不可能是一對一的對應關係。[18]

　　同樣觀點也見於李瑞騰先生之論：

物的存在，由於觀物者的性情、經驗、思維習慣或多少都會有所不同，意義可能會不一樣，所以面對同一物，感受不一定會相同，再加上所重不一，寫出不同面貌和內容的作品是很可能的事。[19]

　　兩位學者說法不約而同的指出詩人寫物時，由於觀物者的性情、經驗、思維習慣等等的不同，側重的面相也會有所不同。如果說岩上的八行詩除了是受《易經》的影響而走向哲詩的風格外，有無其他因素呢？筆著認為，另外一方面是小詩本身和哲理有密切關係。這可以從鄒建軍先生在〈試論小詩的美學特質〉一文中得到證明。他說：

　　　　小詩和哲學有不解之緣。小詩往往含隱蓄秀、含意深遠、小而廣大、往往表現一種哲理內涵，讓讀者回味無窮。小詩創作中，哲理並不能直說，而只能深含於鮮活的意象之中。這是詩歌藝術的本質所決定的。[20]

　　當然，哲理並不是小詩唯一的美學特質，因為小詩也可以是「晶瑩剔透」（張默之語），也可以「像閃電短而有力，像螢火蟲可愛而晶瑩」（白靈之語）。不過，「語近情遙，含吐不露」（李瑞騰之語）的小詩似乎更令人回味。而岩上如何能在短短的八行內表現墨稀而旨永、幅短而神遙的哲理性詩作？他所凝定風格的方法就是「在不變中求變，在變中求不變」，[21]這也就是《易經》強調的剛柔相推，變化無窮的道理。

## （二）平衡穩定，和諧理念

從形式上而言，八行詩平穩而穩定，可以達到和諧的理想。

岩上在詩集的〈後記〉記：「八行詩不是一個固定表達詩的形式，它僅是以這樣的形式呈現了這樣的內容。」又說：「面對語言解體、散亂的無詩世界，以平穩平易的形式呈現詩的可觀。」從詩人的自述，我們可以發現八行詩是一種「平穩平易」的形式，詩人是以這樣的一種形式來諷刺那些破壞語言的詩人。他在詩集的〈序文〉中以更強烈的語氣說：

> 我們不希望後現代的詩是新新人類，不穩定、不可靠、不可信賴、反體制、反整體性、反主題、無中心、分裂破碎的行為表徵；更重要的是詩不希望成為語言的分屍、解體、無組織型態。

可見岩上的八行詩並不是一種「遊戲心態」之下的作品，他是以「八行」的形式來告誡那些散亂、無理的詩作。因為，詩必須考慮到訴諸的對象是社會公眾，它是具有教化人心的功能的。從這裡也能發現岩上不僅愛詩，同時也愛人。所以趙天儀先生說：「在現實與超現實的結合上，我以為他的詩，是以「愛」為主題，而以他生活經驗以及生命體驗為素材。」[22]

那麼，兩行四段的八行詩有何特殊呢？為什麼它是「平穩平易」的形式？這樣的形式可以達到甚麼理想？

如果從《易經》上來找線索，是否可以發現一些蛛絲馬跡呢？首先，我們會先聯想到八行是否變自八卦。〈繫辭上〉說：「聖人設卦觀象」[23]，這是說聖人設卦之時，莫不瞻觀物象，法其物象，然後設之卦象。而〈繫辭上〉說：「八卦成列，象在其中矣。」[24]這是說萬物之象皆在八卦之中。我們是否可以這樣推論：詩人岩上嘗試以八行詩的形式，將萬事萬物入詩，利用「物我合一」、「物我交媾」的技巧，在平穩的八行形勢下追求詩的奧妙。而這種「物我合一」、「物我交媾」的技巧以及平穩的八行形式，其實也和《易經》有關。《中國美學史》談到說：

> 《周易》肯定了人與自然都遵循著共同的規律，人與自然在本質上是統一的，而不是各不相容的，兩者之間絕對沒有不可超越的鴻溝。[25]

> 《周易》認為整個世界是以「一陰一陽」為始基的一個相反相成的有機統一體。……。只有在互相反對的雙方溝通、聯結、合作、平衡、統一的情況下，事物才可能得到順利的發展。[26]

《易經》這種「天人合一」、「一陰一陽」的思想落實於美學上，便轉化成「物我合一」的創作技巧以及「平衡穩定」的外在詩形。〈繫辭上〉說：「剛柔相摩，八卦相盪。」[27]說明陰陽剛柔交感生變化，八卦也會運化推移。而岩上的八行詩，便是在這種平易平穩的外在形式中，變化內在詩思，以達到和諧的理想。這樣的推論，其

實都可以在《岩上八行詩》的詩作以及〈後記〉中得到印證。

宇宙是無盡的生命，擁有豐富的動力，但他同時也是嚴整的秩序，圓滿的和諧。「和諧」、「秩序」是一種美，詩人的感悟就在八行詩中表現。

## 四、結語

余秋雨先生說：

> 藝術的思考，不是讀哲學論文式的思考，不是解智力遊戲題式的思考，它不是一種強制性的領會，也不是一種對預定答案的索解，而是一種啟發式的思考，其結果是意會，是神交，是領悟，是心有所感而不必道之的那種境界。[28]

岩上從《易經》中吸收思想，採用八行的形式來創作。這些思想的特色，一言以蔽之就是：易簡、變易、不易。[29]易簡表示：這種道理有其規律性，而且是用象徵的符號表現出來，可以執簡御繁；變易是說：宇宙萬事萬物變化不息的道理；不易乃謂：這種規律是永恆不變的真理，可以以不變應萬變。以這樣的思想來觀察世間事物，就能悟出許多人生哲理。另一方面，其八行的形式，敏感的讀者很容易會想到和「八卦」的牽連。換言之，岩上的八行詩是「形」變八卦，「質」取易理的詩作，這就是詩人「觀物取象的智慧」的表現。

《岩上八行詩》中沒有絕對的人生答案，它只是還原物象的詩句，從字的意涵和物象的本身反觀自我。細心的讀者會發現，許多

詩都利用設問的技巧提出問題讓人們思考，諸如〈樹〉、〈河〉、〈花〉、〈燈〉、〈鞋〉、〈臉〉等等。所以，讀了詩集後，聰明的你意會了什麼？頓悟了什麼？思索著什麼？

① 參見宗白華：《中國詩化中所表現的空間意識》，《美學的散步》（台北：洪範書店，1981·8），頁44—45。
② 《易經》可以有廣義、狹義兩種解釋。狹義的指《周易》的「版畫」及「卦义辭」；廣義的兼指「卦」、「經」、「傳」而言，也就是「十三經」中所謂的《易經》。如果我們採用廣義的解釋，那麼就可以將《易經》簡稱為《易》，或為《周易》。《易經》本來只是一本占卜的書，但經過「傳」的解釋、引申，它就成為一本哲學著作了。
③ 參見莫渝：〈笠詩人小評〉，《笠下的一群——笠詩人選讀》（台北：河童出版社，1999·6），頁95。
④ 參見趙天儀：〈現實與超現實的結合——論岩上的詩與詩論〉，《笠》第190期，1995·12，頁92。
⑤ 同上註，頁92。
⑥ 參見向陽：〈為現代詩把脈——評岩上《詩的存在》〉，聯合文學12卷12期，1996·10。
⑦ 參見岩上：〈論詩的存在〉，《詩的存在》（高雄：派色文化出版社，1996·8），頁35。
⑧ 見《周易注疏》（台北：藝文印書館，1993·9），頁148。
⑨ 同前註，頁145。
⑩ 同前註，頁165。
⑪ 參見古繼堂：〈充滿生活哲理的詩篇——評岩上詩集《岩上八行詩》〉，《笠》第204期，1998·4，頁94。
⑫ 頁註⑧，頁156。
⑬ 參見黃永武：〈談意象的浮現〉，《中國詩學——設計篇》（台北：巨流圖書公司，1976·6），頁38。
⑭ 參見蕭蕭：〈對比的力量〉，《現代詩學》（台北：東大圖書公司，1987·4），頁192。

⑮ 同註⑧，頁169。

⑯ 同註⑧，頁154。

⑰ 例如古繼堂說：「岩上的《岩上八行詩》詩集中的作品，其感人之處，就在於生活哲理的開掘與運用。也可以這麼說，哲理是這部詩集的筋骨和靈魂。」（見《笠》第204期，頁93）；古遠清說：「走進《岩上八行詩》的世界，我們看到的是諸如雲、霧、水、椅、鐘這些日常生活中極為平常的事物，聽到的卻是作者對人生哲思的感悟。」（見《笠》第204期，頁96）

⑱ 參見鄭慧如：〈出位之思──解讀王潤華〈象外象〉〉，《台灣詩學季刊》第24期，1998·9，頁164。

⑲ 參見李瑞騰：〈梨樹·梨花·梨子〉，《新詩學》（台北：駱駝出版社，1998·9，頁51。）

⑳ 參見鄧建軍：〈試論小詩的美學特質，《台灣詩學季刊》第24期，1998·9，頁120。

㉑ 參見岩上：〈詩的語言與形式〉，《岩上八行詩》（高雄：派色文化出版社，1997·8），頁4。

㉒ 同註④。

㉓ 同註⑧，頁145。

㉔ 同註⑧，頁165。

㉕ 參見李澤厚，劉綱紀主編：〈《周易》的美學思想〉，《中國美學史》第一卷（上）（台北：谷風出版社，1987·12台一版），頁331。

㉖ 同上註，頁336。

㉗ 同註⑧，頁144。

㉘ 參見余秋雨：〈意蘊的開掘〉，《藝術創造工程》（台北：允晨文化，1990·3），頁131。

㉙ 《易緯乾鑿度》云：「易一名而含三義，所謂易也，變易也，不易也。」鄭玄依此義作《易贊》及《易論》云：「易一名而含三義：易簡一也，變易二也，不易三也。」

此文刊於《笠》詩刊二一三期（一九九九年十月號）

# 雷蒙·吉布斯的簡評

Raymond Gibbs

Dear Yen Shang:

I have read through your collection of eight line poems now translated into English and found this to be a very rewarding poetic experience. You write with both a delicate hand and a thoughtful mind. Your words express many of the enduring links between human experience and the natural world, and you often lead readers to face challenging truths about their own lives. But you express these truths in a most engaging manner as you are seductive in the way you teach us to be aware of the ambiguities in ourselves, just as we sense contradictions in nature. Most importantly for me is the tremendous respect you have for the body and what we can learn from paying attention to the complexities of our bodies in action. These are magnificent, ageless lessons that we continually have to experience and re-experience on our own personal journeys toward meaning.

Litze Hu has done a masterful job of translation as these poems in English have their own special grace and rhythm that bring us close to the wisdom of your messages and to you the poet and person.

Best

Ray Gibbs

# Raymond Gibbs

∞∞∞∞∞∞∞∞∞∞∞∞∞∞∞∞∞∞∞∞∞∞∞∞∞∞∞∞

Raymond Gibbs is a brilliant and world renowned scholar in figurative language and psycholinguistics. He is currently a professor in the Department of Psychology at the University of California, Santa Cruz. Gibbs' research interests are in the fields of experimental psycholinguistics and cognitive science. His work concerns a range of theoretical issues, ranging from questions about the role of embodied experience in thought and language, to looking at people's use and understanding of figurative language (eg, metaphor, irony, idioms). Gibbs is especially interested in bodily experience and linguistic meaning. Much of Gibbs' research is motivated by theories of meaning in philosophy, linguistics, and comparative literature. Most generally, his research interests have wide interdisciplinary application to all fields concerned with mind, meaning and interpretation. Gibbs has a Ph.D. from the University of California, San Diego in Cognitive Psychology, Psycholinguistics; an MA from the University of California, San Diego in Experimental Psychology; and a BA from Hampshire College in Cognitive Science.

岩上八行詩
附錄

閱讀大詩14　PG0824

 岩上八行詩

| 作　　者 | 岩　上 |
| --- | --- |
| 譯　　者 | Litze Hu |
| 責任編輯 | 孫偉迪、黃姣潔 |
| 圖文排版 | 楊尚蓁 |
| 封面設計 | 陳佩蓉 |

| 出版策劃 | 釀出版 |
| --- | --- |
| 製作發行 | 秀威資訊科技股份有限公司 |
| | 114 台北市內湖區瑞光路76巷65號1樓 |
| | 電話：+886-2-2796-3638　傳真：+886-2-2796-1377 |
| | 服務信箱：service@showwe.com.tw |
| | http://www.showwe.com.tw |
| 郵政劃撥 | 19563868　戶名：秀威資訊科技股份有限公司 |
| 展售門市 | 國家書店【松江門市】 |
| | 104 台北市中山區松江路209號1樓 |
| | 電話：+886-2-2518-0207　傳真：+886-2-2518-0778 |
| 網路訂購 | 秀威網路書店：http://www.bodbooks.com.tw |
| | 國家網路書店：http://www.govbooks.com.tw |
| 法律顧問 | 毛國樑　律師 |
| 總 經 銷 | 創智文化有限公司 |
| | 236 新北市土城區忠承路89號6樓 |
| | 電話：+886-2-2268-3489　傳真：+886-2-2269-6560 |
| | 博訊書網：http://www.booknews.com.tw |

| 出版日期 | 2012年10月　BOD一版 |
| --- | --- |
| 定　　價 | 320元 |

國家圖書館出版品預行編目

岩上八行詩 / 岩上著;Litze Hu譯. -- 一版. -- 臺北市：
釀出版, 2012.10
　　面；　公分. --（閱讀大詩；14）
　　BOD版
　　ISBN　978-986-5976-75-0（平裝）

851.486　　　　　　　　　　　　　101018823

# 讀 者 回 函 卡

感謝您購買本書，為提升服務品質，請填妥以下資料，將讀者回函卡直接寄回或傳真本公司，收到您的寶貴意見後，我們會收藏記錄及檢討，謝謝！
如您需要了解本公司最新出版書目、購書優惠或企劃活動，歡迎您上網查詢或下載相關資料：http:// www.showwe.com.tw

您購買的書名：_____

出生日期：_____年_____月_____日

學歷：□高中 (含) 以下　　□大專　　□研究所 (含) 以上

職業：□製造業　□金融業　□資訊業　□軍警　□傳播業　□自由業
　　　□服務業　□公務員　□教職　　□學生　□家管　　□其它_____

購書地點：□網路書店　□實體書店　□書展　□郵購　□贈閱　□其他

您從何得知本書的消息？

　□網路書店　□實體書店　□網路搜尋　□電子報　□書訊　□雜誌
　□傳播媒體　□親友推薦　□網站推薦　□部落格　□其他_____

您對本書的評價：(請填代號　1.非常滿意　2.滿意　3.尚可　4.再改進)

　封面設計____　版面編排____　內容____　文／譯筆____　價格____

讀完書後您覺得：

　□很有收穫　□有收穫　□收穫不多　□沒收穫

對我們的建議：_____

_____

_____

_____

11466
台北市內湖區瑞光路 76 巷 65 號 1 樓

**秀威資訊科技股份有限公司**　　　收

BOD 數位出版事業部

......................................................................................

（請沿線對折寄回，謝謝！）

姓　　名：_____　年齡：_____　性別：□女　□男

郵遞區號：□□□□□

地　　址：_____

聯絡電話：(日) _____　(夜) _____

E-mail：_____